三月

大島真寿美

ポプラ文庫

三月

目次

モモといっしょ

「ねえ、領子《りようこ》、今月末に同窓会あるじゃない？　行く？」

と、いきなりノン（則江《のりえ》という本名だが、則江というより、ノンはノン）が言ったのだった。

「行かないわ」

「行ってきてよ」

と、ノンが言う。

「いやよ」

そういえば、そんな案内が来ていたな、とようようノンの話に追いついた気になるが、関心がなかったから返信用の葉書をどうしたのかも憶えていない。

「あたし、そのために電話したのよ、ねえ、同窓会、行ってきてよ」

「なんでよ。っていうかさ、行ってきてよ、ってなによ。いっしょに行こうよ、ならともかく、行ってきてよっていうのはさ。意味がわからないよ」

「あたし最近、夢を見るのよ」

「夢？　なんの夢？」

「森川雄士《もりかわゆうし》の夢」

　ここでなんで森川雄士、と領子は驚く。たしかに短大時代に知り合った人ではあるけれど、なんせ女子短大だ。男性である彼は今回開かれる同窓会とは無縁だし、それよりなにより、森川雄士はもう亡くなっている。領子たちが短大を出て、一年か二年した頃のことだった。

　突然出てきた名前にどう反応したらいいのかわからなくて、領子はぼんやりと、そうか、だから森川雄士が亡くなってもう十八年とか、十九年になるのだ、と頭の中でとろとろと計算していた。生きていたら、彼は、二つ年上だったから、すでに四十二くらいか。若い頃の記憶しかないから、なんだか、おかしな気持ちになるけれど、あの森川雄士も、生きていたらもうじゅうぶんにおっさんの年齢なのだ。あの森川雄士が。って、人のことは言えないが。

　黙っていると、ノンが執拗《しつよう》に、夢を見るのだ、と繰り返した。

「昔から夢は見たのよ、森川くんの夢は。でも、今年に入ってから、ちょっとなかなかに頻繁で。もう五回くらい見たの。一度目なんて、初夢よ、初夢。今年の初夢、森川くんが出てきて、うわあ、って思ってたらまたすぐに見て、先月、また立てつづけに見て、やだ、なんでこんなに森川くんが、って気になりだしたところで、同窓会の案内が来たのよ、短大の同窓会って初めてじゃない？　ちがう？　ちがうか、二度目か。まあ、いいわ、それは。四十になったら集まりましょうっていう、そういう約束した人たちがいたんでしょうよ、中心にいた人たちに。そうね、きっと金《かね》田《だ》さんとか、盛山《もりやま》さんとか、あのあたりの人たちよ、きっと。なんかそういうこと言いそうだし。規模が小さい学校だと、結局牛耳る人って決まってるのよね。想像つくじゃない。ああ、あのグループだろうな、って。いったいどのくらい集まるのかしら。

「ちょっと領子、聞いてる？」

「聞いてる、聞いてる」

「反応薄いなあ。ねえ、もしかして憶えてないの、森川雄士」

「憶えてるよ、荻明子《おぎあきこ》の従兄《いとこ》の友達」

「ん？　そうだっけ」

「やだ、そうだったじゃない。あの子もたしか、その流れで知り合ったのよ。明子の従兄の、ほら、なんつったっけ、弁護士になった、目つきの鋭い、そうだ、カンペーくんだ。カンペーくんと、それから善《ぜん》くん、あのあたりと繫《つな》がったのが最初だったんだよ」

しょっちゅう一緒に遊んでいたわけではないが、彼らと知り合ったきっかけは、萩明子の従兄のカンペーくんだった。女の子がいないから誰かつれてきてよ、頼むよって言われて、と萩明子に無理矢理つれていかれたバーベキューだったのは間違いない。なんとなく知り合いになって、その後、なんとなく遊んだりしていた。

「萩明子ねー、懐かしい。あの子、今、どうしてんの？」

「結婚して今は二宮《にのみや》明子」

「嘘！ 結婚したの⁉ 知らないよ、聞いてないよ。なんでそんな大事なこと教えてくれないの。いつ。いつ結婚したの」

「三年くらい前だったかなあ？ 二年かな？」

「もうやだ、言ってよ！ 祝電くらい打ったのに！ 領子、結婚式、行ったの？」

「いや。あたしも後になって聞いたんだよ。海外で式とかそういうんじゃない？」

「ふうん。明子、結婚したんだ。お相手は？ どういう人？」

「同僚だったかなあ？ いや、ちがったかな、お見合いだったかな。うーん、ごめんよ、憶えてない」

「領子ー、あんたは東北の田舎《いなか》に嫁いだわたしの大事な情報源なんだからさ、しっかり記憶しといてくれなくちゃ困るよもう」

「あたしに頼られてもだね。他の人に聞いてよ」

「いや、あたしは、基本、領子だから。領子の他はほとんど誰とも繋がってないと言っても過言ではない。あと、美晴《みはる》くらいか。って、美晴はアメリカだし。あの子とは年に何回かメールでやり取りする程度だし。なんかもう永住権とかも取ってるみたいで、全然会ってないからさ、薄いよ、やっぱり」

領子にしたってノンとはずいぶん会ってはいない、と思ったが黙っていた。ノンとよく会っていたのは、ノンに子供がうまれる前。子連れになったら、実家に戻ってきてもろくに連絡は来なくなり、すっかり会わなくなってしまった。

「ノンのところ、子供いくつになった?」

「ん? 上が小三。下が小一。四月から小四と小二。両方とも女だから、昨日はしっかりお雛《ひな》様ケーキ買わされちゃった。お雛様とケーキってあんまり関係ないような気もするんだけど、売ってるからね。売ってるとほしがるからね。しようがない。まあ、でも、下もこのくらいになると、やっと少し楽になってきたかな、って感じはするね。幼稚園の頃に比べたらもう全然」

「だったら子供たちを実家に預けて、同窓会、参加したらいいじゃない。春休みでしょ」

「帰省しないもの、年始に帰省したばかりだし」

それからノンは少し声をひそめて、うちさあ、いま、あんまりうまくいってないのよね、帰省だの同窓会だのって感じじゃなくてさ、とつづけた。領子だから言うけど、だから、ぜったい誰にも言わないでほしいんだけど、なんか、裏切られてる気がすんのよね、旦那に。

そうして黙り込んでしまったノンに、どういう言葉をかけたらいいのか迷って口ごもっていると、ノンが、ああ、もう、あたし、そんな話するつもりじゃなかったのに！　と明るく弾《はじ》けた。もうさあ、領子と話してると昔の気分に戻っちゃってつい、言わなくてもいいことまで喋《しゃべ》っちゃう！　やだなあ、もう！　あたし、こんなこと喋るために電話したんじゃないのよ、森川雄士のことよ、森川雄士のこと。

「同窓会」

「そう！　同窓会」

「で、その同窓会と森川くんはどういう関係があるわけ」

「ねえ、領子。いちおう確認のために聞くけどさ。領子も、森川雄士は自殺した、って思ってるよね？」

「思ってるよ、あれでしょ、屋上からダイブ」

「屋上じゃないよ、バイト先の建設現場だよ」

「酔ってたんだっけ。薬？」

「なにそれ。それは知らない。ねえ、とにかく領子は自殺したって思ってるんだよね。あの時さ、なんで自殺って思っちゃったか、領子、憶えてる？　憶えてないよね」

　領子は少し頭をめぐらせてみたが、たしかに、自分がどうしてそう思ったのかは記憶していなかった。いつ、誰から、どういうふうに聞いたのだったか？

「あれはね、あたしのせいだと思うのよ」

「なに？　ノン？　ノンが関係あんの？」

「っていうか、あたしがその噂を広めちゃったんだと思うのよ。森川くんが死ぬ一ヶ月くらい前に、あたし、たまたま二人で呑《の》んだんだよね。偶然ばったり会って。でね、あたし、その時、くさくさしてたから、けっこう絡んだわけ。新入社員の頃って、そうだったでしょう。やなこといっぱいあって。森川くん、そういう気持ちわかってくれて。彼は彼で、ダンスやりたくて、就職しなかったから、彼なりの悩みもあって。そういう、くさくさモードの二人で呑んだもんだから、いつのまにやら、死ぬとか、死にたいとかそういう暗〜い話題になっちゃって。その時さ、死ぬならおれは飛び降りるって言ったんだよね、森川くん。最後にばあーんと空を飛ぶって。こう、手まで大きく広げながら。あたし、それがキョーレツに記憶に残ってたものだから、みんなに言っちゃったの。動揺してたんだよね、友達が死んで。しかも、ああいう死に方で。簡単には受け入れられなかったんだと思う。だからせめて、幸せに死んでいった、って思いたかったんだと思う。森川くんは空を飛ぶって言って空を飛んだんだから、思い通りの死に方だよね、望み通りになったんだよね、って、だからあたし、誰彼となくそれを言いたくなっちゃったんだと思う。ばかだったって思う。なんであんなこと言っちゃったんだろう。後悔してる。あれでみんな自殺って思っちゃったんだと思うのよ」

「なに？　つまり、ノンは、同窓会で、その発言を訂正したいわけ？　……って誰に。森川くんと繋がりのある子ってそんなにいた？　あたしとノン。他は誰？　明子に穂乃香《ほのか》。あと、美晴に小沼花《こぬまはな》くらい？　静代《しずよ》とか、なっちゃんとか、あのあたりの子は、知ってるっていえば知ってるけど、そんなに親しかったわけじゃないし、訂正するまでもないよね。つか、訂正ってなに。今さら訂正って。そもそもそんなこと、みんなもう忘れてるよ。べつに今さらノンが悩むことじゃないよ」

「だめよ」

「え？」

「忘れちゃだめなの。忘れちゃだめなんだよ、領子。森川くん、自殺じゃなかったとしたら、どう？　自分で死んだんじゃなかったら、あの若さで死んだってことは、望まざる死、非業の死だよ？　そんなにかんたんに忘れていいわけない。だってさ、もしかしたら殺されたかもしれないんだよ？」

「はあ？」

ノンはその後、切々と訴えた。あの時、自殺じゃないかという噂がぱあっと広まってしまったがために、警察も真面目に調べなかったんじゃないか。自殺か、せいぜい事故ということで幕を引いてしまったんじゃないか。もしかしたら殺人の可能性だってあったかもしれないのに。あの頃、森川くんが付き合っていた穂乃香は、その後、あの栃田《とちた》弘光《ひろみつ》と結婚したそうだけど、なんで穂乃香が栃田くんと？　ひょっとしたらあの頃すでに栃田くんと三角関係とかになっていたんじゃないだろうか。それで森川くんが邪魔になったんじゃないだろうか。それとも別れ話のもつれとか。穂乃香は今、どこでどうしているんだろう。噂もぜんぜん聞かないけど。今度の同窓会に出てくるだろうか。出てくるとしたら、どんな顔して出てくるんだろうか。

あたしはそれが知りたい。穂乃香はいったいどういう人生を送っているんだろう、森川くん亡き後。

「ちょっと待ってよ、ノン。あんた、今、ひそかに穂乃香を犯人扱いしてない？ ちょっと、それはいくらなんでもありえないから。あのさ、それ、全部、あんたの妄想だから。わかってる？ 森川雄士の夢を見たくらいで、なんでそこまで暴走する？ そんな妄想、よそで喋ってごらん。あらぬ噂を広めて、今度はべつの後悔に苛《さいな》まれるよ」

領子が言うとノンは黙った。

金曜の午前九時四十分。

いつもならば、そろそろ出勤する時刻。フレックスのコアタイムは十一時から四時。それを知っているからノンはたいていこの時刻に電話をかけてくる。だからここで、ごめんそろそろ会社だから、と言えば電話は簡単に切れる。でも領子にはそれが出来ない。嘘をつくのがいやだから。

いや、嘘くらいついたっていいけれど、ここでつくのはどうもいやだから。

領子は先々月、年明け早々、職を失った。

長らく勤めていた雑誌社が潰れたのである。小さな雑誌社ではあったが、インテリア雑誌やリフォーム専門誌、手芸雑誌、雑誌から派生した実用書など、地味ながら手堅く出していたから、よもや潰れるとは思わなかった。経営があまり芳《かんば》しくないというのは何年も前から聞いていたし、そのわりに持ちこたえていたから、そういうものかと思っていたのに。なんとなくこのまま持ちこたえて定年近くまで働かせてもらえたら（給料がそうそうあがらなくても）まあ御の字だ、くらいに思っていたのに。

最後は意外にあっけなかった。社長に倒産の事実を告げられ、それでおしまい。目端《めはし》の利く同僚の何人かは、契約社員としてすぐさまべつの出版社に移ったようだし、まったくべつの仕事に鞍替《くらが》えした人、田舎へ帰ってしまった人、就職活動をしつつフリーランスで仕事を開始した人等々、皆それぞれに歩きだした様が徐々に伝わってくるようにはなったものの、領子自身は呆《ほう》けたように何もしていなかった。それほど自分が会社に愛着を感じていたとは思えないのだけれど、いつしかすっかり会社に頼り切っていたのは確かなようで、会社という支えを失って、情けないくらいにうろたえているのだった。

「無念だと思うのよ、森川くん」

長い沈黙の後、ノンが言った。「だから夢に出てくると思うのよ」

領子はため息をつく。

あたしは今、森川くんどころじゃないんだよ、ノン、と、出来ることならそう言いたい。

しかし言えない。

森川くんどころじゃないけれど、森川くんどころじゃない、と言い切ってしまってはいけないと躊躇《ためら》う気持ちがわずかながらあったから。

その躊躇いにつけ込むように、ノンはぐじぐじと夢の話をつづけた。

いつまでもぐじぐじと。聞いてるうちにこちらまで暗い気持ちになってくるような、いくらか怨念《おんねん》じみた喋り方だった。

「わかったよ、ノン。同窓会はともかく、明子に連絡はしてみる。それで少しは気がおさまらない？　穂乃香のこともきいてみる。穂乃香と一番仲が良かったのは明子だし。穂乃香を犯人扱いするのはどうかと思うけど、もちろん、そんな妄想については言わないよ。それは言っちゃ駄目。ノン、わかった？　誰にも言っちゃ駄目だよ。とにかく、自殺の噂が広まった原因の、ノンの発言の訂正だけはしとく。あたしに出来るのはそこまでだよ」

ノンはそれでいい、と言った。そうして、領子ごめんね、と謝った。

あたし、ちょっとおかしくなってるのかもしれない。なんだか最近眠れない日が多くて。

確かに、ノンの声はかさついていた。かさつき、というのはつまり、感情の起伏を隠して表面を無理矢理削ってしまったような潤《うるお》いのなさ。なんとなく肌の調子も悪いんじゃないか、と領子は想像し、ノンの顔を思い浮かべる。ぽっちゃりとした丸顔の、茶色い目の。上唇がうすくて、下唇の厚い。

眠れないから疲れるし、眠ったとしても眠りが浅いから夢を見るし。へんな夢ばっか見るし。夢ばっか見てると、夢なんだかほんとなんだか、ほんと、なにがなんだかわかんなくなってきちゃって。どっちでもいいけど、そんなさ、どっちでもいいってわけじゃないんだよね。だからさー、どれが事実。ねえ、どれが事実なの。ほんとにさ、事実ってなにって思っちゃう。ねえ事実ってなに。表に出てくる事実と裏に隠れている事実と、あたしたち、どっちを信じればいいの。どっち見てたらいいの。事実ってなによ、どれが事実よ。教えてよ。ねえ、教えてよ。わかるんなら教えてよ。

領子はあわてた。

いつの間に、どこに嵌《はま》りこんだのだろう。ノンの声は少し怒ってるみたいだった。

そして少し興奮していた。

なんの話をしていたのか、きゅうにすっかりわからなくなってしまい、ノン、ノン、と呼びかけた。ノン、ノン。

ノン、ノン。

ノンが黙った。

どうしたのよ、ノン。大丈夫？　なんかあったの？　さっき言ってた、旦那のこと？　なんかあったんなら、あたし、話、聞くよ。

ノンはもう何も喋らなかった。小さなため息と、うん、とか、ふん、とか、言葉にならない声が漏れただけ。

ノンと領子の付き合いは、短大だけではなく、高校時代から続いている。二人はエスカレーター組ではなく、都内の公立高校から入学したクチで、受験勉強もいっしょにした。部活（演劇部）もいっしょだった。ここ何年か疎遠だったとはいえ、それだけ続く間柄だと異常事態には敏感に反応するようになる。

いやな予感がした。

ノンは今、まずいことになっているのではないだろうか。

「遊びに行こうかなあ。ノンのところ」

と言ってみた。

無反応だったが続けた。

「行けるんだよねー、あたし」

やっぱり無反応だった。

まだまだ強引に続ける。

「黙ってたけど、じつをいうと、あたし、今、失業中なのよねー」

ええ？　という声が小さく聞こえた。

待ってみたが、言葉は何も返ってこなかった。

「つまり、あたし、暇なのよ。この年でさ、いきなり失業だって。笑っちゃうよね。もうさ、どうすりゃいいのよって感じだよ。編集者なんてつぶしがきかないし、この仕事続けるしかないんだろうけど、雑誌も不況だしね。雇ってくれるところ、あるのかなあ。それとも、違う仕事、探した方がいいのかなあ。まだなんにも考えてない。考えられなくて。失業したこと、まだ親にも言ってなくてさ。今後の身の振り方も考えなくちゃならなくてさ。年も年だし、とにかく仕事探さなくちゃ、なんだけどさ。でもその前に、旅行くらいしたっていいよね。時間だけはたっぷりあるんだもん。あたし、そっちの方、あんまり行ったことないからさ、いろいろ回って温泉でも浸かってゆっくりして、そいでノンのところにちょっと寄って帰ろうかな。ランチでもどう。平日なら、家、空けられるんでしょう？　いっしょに御飯食べようよ」

そしたら、ノン、話してくれるよね。

そしたら、ノン、あたしの話も聞いてくれるよね。

「ふうん」

とノンが言った。「領子もたいへんなんだね」

「たいへんだよ。また一から出直しだもん。出直させてくれるところが見つかったとして、だけど。かといって、フリーランスでやっていけるほどの力があるとは思えないし。まいったなあ」

「来れば」

ノンの声が少しやさしくなった。「おいしいお寿司屋さん、いっぱいあるからさ。行こうよ。こっちの魚、ちょっと凄《すご》いよ。領子を励ます会。そして励ましてもらう会。同窓会より、そっちの方が楽しそうじゃん。喋りまくろうよ。そっか、領子、失業中か。失業中に同窓会は、ないよね」

「ないない」

ノンがくすっと笑った。なんで笑うの、と文句を言いながら領子も笑った。まったく笑うしかないけどさ、と言って領子はため息をつきつつ、ノンと寿司、という組み合わせにすっかり魅了されていたのだった。

しかし問題は犬なのだった。

領子は犬を飼っている。

一人暮らしの勤め人の分際でなぜ犬、とよく訊《き》かれたものだが、もともと実家で飼っていたチワワのモモなのである。

六年前、実家が房総《ぼうそう》半島の先に引っ越した。

父の実家がある町で、当時そこには九十近い祖母がいて、その祖母の様子がおかしくなったため、介護の問題もあるし、なにより両親ともども、すでに定年も迎えていたし、まだ多少仕事はしていたものの、都内で暮らすのはもうよそうということで意見がまとまり、マンションを売り払って、実家を建て替えたというわけだった。母の実家は新潟だが、そちらの祖父母はすでに亡くなり、実家もない。友人関係だけが心残りだったようだが、都内まで二時間ちょっとだし、たまに気晴らしに出てこられればそれでいいと納得したようだ。祖母はそれから二年ほどして亡くなったから、今は夫婦二人で、家庭菜園とゴルフ（リーズナブルに愉《たの》しめるところがあるらしい）を趣味にしてのんびり暮らしている。

領子はその六年前までずっと実家暮らしだった。

四つ上の兄はとうに家を出て、結婚し、子供もいる。今は大阪暮らしだ。

おまえもいい加減、自立したら、と言われつつ、領子だけが延々、実家に居座り続けていたのであった。

なので、親が千葉に行くと言いだして、あわてたのは領子だった。

千葉は千葉でも通勤圏内なら、一緒についていけたのだが、房総の先ではさすがに無理だし、マンションを売るとなれば、住む家を探さなくてはならない。

すでに独り立ちするだけの十分な稼ぎはあったし、家事全般もまずまず一通りはこなせていたから、そこにはなんの問題もない。年端《としは》のいかない小娘ならいざ知らず、むしろ、実家に居座る方が不自然では、というくらいの年齢なので、状況を受け入れるしかない。

とはいえ、いざ一人で暮らすとなると、経験がないだけに、なんとはなしに心細かった。

だからといって、三十四にもなって（その時はまだ三十三ではあったが出ていく時には三十四になる)、一人暮らしが心細いとは誰にも言えない。

それは領子にもわかっていた。

そんなかっこ悪いこと、口が裂《さ》けても言えない。

モモと離れるのはいや、というのは、そんな屈折した心境からうまれた言葉だったのかもしれない。

「だってモモはわたしがペットショップで一目惚《ぼ》れして連れてきた子なんだもの。あの子はわたしが面倒みるわ。うちで飼う。モモは連れていかないで」

前の犬(ケンケン)が死んで、半年ほどして飼うことになったモモ。

むろん、両親は反対した。

日中、誰もいない家で飼われるなんてモモが不憫《ふびん》だと言って。

喧嘩《けんか》になったが、領子は譲らなかった。

なんといっても、モモは賢い犬だった。それは両親も認めていた。性格も穏やかで大人しく、いたずらっ子でもなかったし、わがまま娘でもなかった。留守番する時も、いつもお利口にしていて、家族がわずらわされたことがない。今まで飼った犬のなかで一番手がかからなかった。

どうしても駄目だったら、諦《あきら》めるから、飼えるかどうかわたしに挑戦させて、お願いだから！　とごねる領子に押し切られる形でしぶしぶ認めた親は、引っ越していくその日まで、まったくもう、あんたって子はどうしてそう頑固なの、と半ば呆《あき》れていたものだったが。

領子は歓喜し、取り急ぎペット可の中古マンションを探し、思い切りよく買った。モモと暮らすためだと思うと、たいして悩まなかったし、迷わなかった。月々のローンも家賃を払うのとそう変わらないし、実家暮らしだったから、そこそこ貯金はあった。

女が家まで買って、犬を飼うんじゃ、縁が遠のくばかりだな、と内心気づいてはいたが、どこかでもうそれならそれでいいんじゃないか、と開き直ってもいた。当時付き合ってる人もいなかったし、そんな、まだ見ぬ誰かより、目の前のモモの方が断然大事であった。

うち犬がいるんで、とそそくさと帰宅する領子に、同僚たちが、枯れてるね、と冗談めかして言っていたのを知っている。付き合いが悪いと言われても無視したが、仕事に支障をきたしたことはない。

モモのための室温管理や、散歩の時間の確保など、飼い続けるにあたって苦労は多かったものの、領子はモモとの暮らしに十分満足していた。この子がいたら、それでいい、と心から思っていたし、モモのためなら多少の苦労（時には物を壊したし、家具に傷をつけたし、じゃれつくから家に持ち帰った仕事は捗《はかど》らなかったし、日々の掃除も手が抜けなかった）は厭《いと》わなかった。

失業して、一番喜んでいるのはモモだろう。

毎日家にいる領子を訝《いぶか》しむ様子もなく、窓辺で日向《ひなた》ぼっこしつつ、日がな一日、安心しきった顔でのんびりしている。

ほんとうに、こんないい子、他にいない、と領子は思う。

散歩にも思う存分連れていき、しつこいほど遊んでやった。

暇にあかせて、いつもよりうんと丁寧に爪を切り、耳掃除をし、トリミングをし、シャンプーもした。

よその犬たちがどうかは知らないが、モモは手入れされるのを嫌がったり、抵抗したりしない。領子に触られるのは、モモにとって嬉《うれ》しいだけなのである。

茶色と黒が入り混じった柔らかい毛並み。年は取ったがまだまだ艶々《つやつや》している。黒目がちの大きな丸いおしゃべりな（と領子は思う）瞳。しっとりと濡れた鼻先、ぴんと張りだした三角の耳。

まったく、ぬいぐるみかと見まごうばかりのこの愛らしさときたらどうだろう。

モモがいてくれたから、失業中の生活も自堕落にならずに済んでいる。情けないが、領子はモモに助けられているのである。ほんとうに、なんと、頼りになる犬であろう。

だがしかし、そんなモモにも弱点はあった。

モモはひどく人見知りをするのである。ちょっとやそっとじゃ、人に懐かない。そこがまた可愛《かわい》い、と親バカ的に庇《かば》いたくなる気持ちもあるし、人見知りくらいしたって全然かまわないのだが、やっかいなことに、モモは、ペットホテルやペットクリニックに預けられることもとことん嫌がるのであった。一、二度挑戦したが、ペットホテルやペットクリニック側が音《ね》を上げるほどモモは抵抗する。向こうもビジネスだから、あからさまに文句は言わないが、モモちゃんの場合、外でのお泊まりはストレスたまるかもね、くらいのことは毎度言われたし、なにより、帰宅してぐったり力尽きているモモを見るのが忍びなかった。

そんなわけで、出張や旅行で家を空けるときは、実家に預けるというのが、数年来すっかり習慣になっていたのであるが……。

モモとモモのお気に入りのおもちゃ（押さえると音の鳴る、でこぼこしたボール）で遊びながら、領子はため息をつく。実家か……。

実家に預けるとなれば、失業中の身の上について、いよいよ明かさねばならないだろう。

次の仕事が決まるまで黙っておこうと思っていたのは余計な心配をかけたくなかったからだが、顔を合わせたら、隠し通せない気がする。言えば言ったで、意見の一つや二つ、されるだろう。いったいどうするんだ、これから。ローン、まだ残ってるんでしょう。次の仕事は決まったのか。

言われなくてもわかっていることを延々聞かされるあの辛さ。おまけにモモを預ける理由は、旅行に行きたい、だ。旅行なんて行ってる場合か、と返されるのがオチ。

「どうしたもんかねえ、モモちゃん……」

モモがボールをくわえて、ぱたぱたと尻尾《しっぽ》を動かす。

ボールを手で引っぱってやると大喜びだ。

投げてやるといっそう興奮する。ひとしきり、モモとボールで遊んだ。

疲れてきたので、ごろりとホットカーペットに横たわる。遊びの時間が終わったと察したモモが、領子の顔の横に、腹を見せるようにして身を投げ出す。警戒心の欠片《かけら》もないモモのおなかをむにむにといじる。身をよじりながら、モモは触られることを楽しんでいる。モモの匂いがする。

穏やかな午後三時。

失業中ということを忘れてしまいそうだ。

忘れていられるものならずっと忘れていたい。

この満ち足りた時間を誰にも邪魔されたくない。

思えばずっとそう思って生きてきた。

恋人が出来なかったのはそのせいだろうか。

恋人が出来たら一番にモモに会わせるからね。モモちゃんの気に入らない人だったら別れるからね。冗談でそうモモに話しかけていたのはいつ頃までだったか。人見知りの激しいモモが、まだ見ぬ恋人を気に入らなかったらどうしようと、領子は本気で心配していたものだったが。

あれはまさしく杞憂《きゆう》であった。

そんな人は、まったく、誰一人、現れない六年間だった。

この六年、誰からも言い寄られなかったし、言い寄りたいと思うような人との出会いも一度もなかった。

二十代と三十代、いったい何が違っていたのだろう?

あんなふうに自然に、また誰かと付き合うものだとばかり思っていた。そして今度付き合ったらたぶん結婚するのだろうとも思っていた。モモさえ気に入れば、モモといっしょに嫁にいく。なんなら、この家に迎え入れてもいい。それはケース・バイ・ケース。出会った人に合わせて先々のことは考えよう。

まさか誰とも付き合わないとは思わなかった。

男を毛嫌いしていたわけでもないし、結婚しない主義を標榜《ひょうぼう》していたわけでもない。

なぜだろう？　なぜだろうね、モモ。

と、モモに問いかけてみても、モモから答えがもらえるわけではない。

そもそも、この六年が早すぎたんだと思う。するすると魔法のように時間が経ってしまった。

二十代の六年が、直近の六年間と、同じ長さとは思えない。

はたと気づけば、四十を前に、恋人をゲットするどころか仕事まで失い、残ったのはこの家とモモだけだ。いや、この家にはまだローンが残っている。となると、モモだけか。

モモがくるんと身体《からだ》を反転させて顔をこちらに向けた。黒いつぶらな瞳がうるうると潤んでいる。あまりの可愛さに、モモちゃーん、と叫んで思わずキスをする。

モモとキス。

モモとしかキスをしていない、その月日の長さたるや。

ノンが今の旦那と付き合いだした頃、領子には四つ年下の恋人がいた。片思いの長かったノンの新しい恋の成就を祝って、花見の時期にダブルデートしたこともあった。ノンの旦那は、大学まで柔道をやっていたというだけあって、がっちりとした固太りの、でもちょっと軟派な感じもする水産加工メーカーの営業マンだった。ノンの働いていた商社によくやって来ていたのだという。

ノンが結婚し、東京を去ってしばらく後、領子はその彼と別れた。付き合って三年目の冬だった。もともと同僚の恋人の友人で、その二人はすでに結婚しており、別れたと言うと、あんたたちも結婚するんだとばかり思っていたのに、と不思議がられた。領子自身は、そう不思議でもなかったのだけれど。もう無理だね、とお互いよくわかっていたから。

思えばあそこが分岐点だった。

すでに三十代に突入していたが、あの頃は、まだ、そこが分岐点などとは思ってなくて、焦りはまるでなかった。いつものような、一人の男との別れであり、ということは、いつものような、一人の男との出会いがまたやってくる、と漠然と信じていたのであった。

ノンは、領子が別れたと知っても、そう、やっぱり、と言っただけで、たいして驚かなかった。なんとなく領子、あの人と結婚って感じ、しなかったし、次は、もうちょっと結婚に向いてる人と付き合うといいよ、とあの時確か言われたはずだ。

そうだな、と領子も思った。

彼は領子よりもフットサルを愛していた。それはもう、はじめっから、火を見るよりも明らかだった。仕事が終わった後、夜のグラウンドで汗みずくになって夢中で球を追い、球を奪い、球を蹴《け》る姿を可愛いと思った。けれども、そう思いつつ、なんかちょっと子供みたい、莫迦《ばか》みたい、と思ってもいた。まあ、そこが、領子の狭量さである、と領子自身思う。領子には、球技全般への興味が著しく欠けていた。それでも努力はしたのだ。ちょくちょく練習も見に行ったし、ルールも覚えたし、試合の時には応援もした。見ているうちに多少興味は湧いたものの、なにを面白がればいいのか、本質的なところがやっぱりよくわからなくて、じゃあ一緒にやろうよ、やってみたらわかるよ、という誘いにのり、果敢に挑戦もしてみたのだが（そして案外器用にこなして褒められたりもしたのだが）、上手《うま》いとか下手とか以前に、続けてやりたいと思うほど楽しくなくて、だんだん見にも行かなくなり、最後にはフットサルを憎んでいた。冗談みたいだが、ほんとうに、彼がフットサルの話をはじめるたびに虫酸《むしず》が走るようになっていたのだった。だってとにかくあの男は口を開けばフットサルの話ばかりしていた。それも無自覚に。あの無自覚さが領子は我慢ならなかったのだと思う。悪びれないあの態度が。だいじな話をしている時も、気まずい沈黙が訪れた後も、彼はフットサルの話に逃げた。いつもいつも、フットサルでごまかした。いい加減にして。そう言う回数が増えて、領子は悟った。もう駄目だ。この人とはやっていけない。

今ならもっと広い心でフットサルと彼を愛せただろうか。

別れて以降、ノンに、いいお相手は見つかった？　と訊かれては、まあね、なかなか出会いがなくてね、とむにゃむにゃ返すという、定番のやり取りがしばらく続き、そのうち、ノンは何も訊かなくなった。

訊かれるのが億劫《おっくう》になってきた頃だったのでほっとしたが、どうやらノンは、領子が恋愛について隠しごとをしていると思い込んでしまったようだった。なぜそんなふうに思ったのか、まったくわからない。十代後半から二十代、ずっと恋バナで盛り上がってきただけに、当然それは三十代も続くと考えたのだろうか。げんなりしたが、電話のみで繋がる関係になっていたから、そのまま放置した。

あたしはそういうの、もう卒業したけどさ、だってどこからどう見てもあたしは子持ちの田舎のおばさんだもん、でも領子は現役だもんね。ノンは時折そういう発言をした。

おばさんになった、と言い張るノンの、おばさん化していないという証明のように、ノンは何も訊かなかった。訊かれたら正直に答えたかもしれないが、訊かれないから何も言わなかった。

もしかしたら、不倫でもしていると思っていたのかもしれない。

同棲しているんじゃないか、と疑っている節もあった。

犬だよ、犬。さっさと訂正してしまえばよかったのだけれど。

あれからずっとわたしは一人です。

そうはっきり言わないでここまできたのは、一種の見栄だったのだろうか。

なんでそんな、わけのわからない見栄を張る必要があったのだろう。

モテるのが上で、モテないのが下、といつ決まったのだろう。

犬と暮らしててなにが悪い。そう啖呵《たんか》を切ればよかったのか。よかったのか、って、ノンに糾弾されたわけでもないのに啖呵は切れないが。

領子はくすくす笑った。

今度会ったら、ぜんぶ喋ってしまおう。久しぶりに顔を合わせてお喋りするんだもの、取り繕う必要がどこにある？

ノンが叫ぶ顔が目に見えるようだった。

うそーっ、領子、あれからだれとも付き合ってないのー、まじでー。

あんたねー、あれだけ偉そうにあたしにいろいろアドバイスしておきながら！なんなのよ、いったい。

きっとそんなことをたくさん言われるだろう。

若かりし日、ノンの数々の恋愛相談にのってきたという歴史があるから、偉そうなことを言った分だけ笑われるに決まってる。

でも、そろそろ、明かしてもいいような気がしてきた。もういいじゃないか。それでいいじゃないか。

笑われてもいい。

笑われて、ノンと一緒に笑い飛ばしたい。

いいもん、いいもん、わたしにはモモがいるもんねー。笑われたって平気だよねー。

ね、モモちゃん。

子供に語りかけるような声を出しながら、領子はリードを手にしていた。勘のいいモモは、その動きだけで、散歩だ！　と察して、勢いよく起きあがり、落ち着きなく、ぐるぐる領子の周囲を回りはじめる。


ダウンジャケットを羽織り、お散歩グッズの入ったリュックを背負い、防寒用のベストを着せたモモを連れ、領子は行く。

働いている頃はなかなか行けなかった長い散歩コースを、せっせと歩く。

そろそろ春とはいえ、まだまだ冷たい空気だけれど、歩いていると、身体は知らず知らず暖まり、気づけばほんのり汗ばむくらい。ダウンジャケットを脱ごうと歩道の端で立ち止まると、モモがくいくい、とリードを引っぱる。立ち止まるのが嫌なのだ。小さいくせに、けっこうな力。いそいで脱いで、リュックを背負い直し、素早く歩きだす。上機嫌でつき従うモモの尻尾がぴょこぴょこ動く。軽快な、というよりもやや剽軽《ひょうきん》な、その動き。どことなく、コメディエンヌのよう。いやいや、モモの気分はきっと女王様だ。

そうやって大威張りで歩いて行くくせに、見知らぬ人に、まあかわいい、と近づかれると、後ずさりして怯《おび》えている。鳴くこともままならずただ震えている。仕方ないから、領子が抱き上げ、この子恐がりなんです、ごめんなさいね、と詫《わ》びて、モモを救出する。

まだ震えているモモの体温が領子に伝わる。

じんわりと、領子の胸が熱くなる。

ぎゅっとモモを抱きしめる。

この子を守らなくてはならない。

モモとの暮らしを守るためにも、領子が働かなくてはならない。働かなくては、この暮らしを維持できない。

会社の一つや二つ失ったからといって、嘆き悲しんでいる場合ではないのではないか。生きていくためには、四の五の言っていられない。震えるモモを抱きしめながら、領子は思う。この子を守れるのは自分だけなんだから。とっとと動き出さねばならぬ。それがつまり、生きているということなのではないか。

ふいに森川雄士の顔が蘇《よみがえ》った。

真正面の顔。切れ長の目。まっすぐこちらを見据える目。よく被《かぶ》っていたニット帽。そこからはみでた、ゆるくウェーブした髪。鼻先の小さな瑕《きず》。

ノンは彼のどんな夢を見たのだろう。

彼はある日忽然《こつぜん》と消えてしまったが、こうしてまだここに現れる。死は揺らぐ。揺らいで、影響を与えつづける。

領子は一瞬、息を止めた。

死んでしまった森川雄士。死んでしまったのだから、彼はもう、生きていない。

そうか、と領子は思った。

だからつまり彼はあれから生きてはいないのだ。

さあ、もう大丈夫よ、歩きなさい、とモモを地面に下ろしながら、領子は今さらのように彼の死をしみじみと、深く嚙《か》みしめた。あの頃、彼の死は遠かった。今も遠い。それは同じだ。同じだけれど、あの頃の自分が、ただ彼の死に驚くばかりで、彼が死んだことを、本当にはわかっていなかったのではないかとようやく気づいた。彼の死の、重みも、痛みも、脇へ追いやり、押しやり、領子は進んだ。進んだから、ようやく今それがわかったような気がする。

モモが領子を見上げ、歩いていいの？　というふうに首を傾《かし》げる。

「さあ、行こう」

リードを動かし、歩きはじめる。モモが、ぴん、と反応する。

まだ先へ、行かねばならない。

「モモちゃん、来週、千葉に行ってくれる?」

ノンに会ったら、森川雄士の話をしよう。彼がいなくなった後の話を。ノンと会わなかった日々の話を、たくさんしよう。三十代の話をしよう。そしてこれから先の、四十代の話をしよう。

四十年も生きたのだもの。失業くらい受け止められなくてどうする。

「モモちゃん、来週、千葉だからね」

むろん、モモは答えない。

日が翳《かげ》ってきたから、ほんの少し速度を上げてみる。

モモが跳ねるようにちょこまかと駆けだした。

不惑の窓辺

霙《みぞれ》まじりの雨が降っている。

道理で寒いはずだと明子《あきこ》は思い、リビングのソファに身を横たえながら、窓の外の空を見る。何も見えない。空も太陽も。雲にしたって、それがほんとうに雲なのか、よく見極められない。坪庭の南天の赤い実だけがはっきりとわかる。あの南天は、昨年の冬は、鵯《ひよどり》に食べられて、この時季には坊主になっていた。駄目もとで枝にプラスティック・ネットをかけてみたら、今年は食べられていない。

床暖房は最強にしてあるが、しんしんと忍び寄るような冷気に、ブランケットを腰にあてる。

娘の舞衣《まい》が帰ってくるまでに、畳んだ洗濯物を仕舞いに行かねばならない。夕飯の下拵《したごしら》えだってしなければならない。

でも、動けない。

娘。

明子は舞衣を娘だと思っているし、表立って問題が起きているわけではないけれど、舞衣は明子を母だと認めていないのかもしれないと、明子は悩みだしていた。継母という立場の難しさはよくわかっているつもりだったが、愛らしく、礼儀正しい舞衣となら、そう難しいことにはならないんじゃないかと甘く見ていた。

明子と征治《せいじ》に結婚話が持ち上がった三年半前、舞衣は小学四年生だった。すぐになついて、結婚する頃には、授業参観に来てほしいと頼まれるほどになっていた。

七つ上の征治は石油会社の宣伝部に勤めている。

従兄《いとこ》の寛一《かんいち》（あだ名はカンペー）の紹介で知り合い、半年経たずに一緒になった。奥さんを病気で亡くし、長らく舞衣の面倒を見ていた彼の母親が、うちの息子の後添えに誰かいい人いない？　とカンペーとカンペーの母に訊《き》いたのがきっかけだった。

「それであっちゃんのことを思いだしたんだよ。子連れの中年ではあるけど、あの家は資産家だし、征治さんもまれにみる感じのいい人だし、あっちゃんだってこのままずっと一生独身ってわけにはいかないだろう？　伯父《おじ》さんも伯母《おば》さんも、死んじゃったんだし。母さんも心配してる」

「叔母《おば》さんが？」

「子連れじゃなければ尚《なお》いいけど、ここまでいい話はそうないし、一度会ってみたらどうか、すすめてみろ、って。おかしな男に嫁がせたらあの世で姉さんに叱《しか》られる、とはいえ、三十も半ば過ぎたらそうそういい条件の話もない」

　カンペーが、くすりと笑った。「これは母さんの意見。で、おれも同意見。あの家のことは母さんもよく知ってるからさ、あの人なら、って太鼓判。奥さんとだって病気で死に別れたんだから、征治さんに落ち度はない。ただのバツイチとはちがうってさ。どうだよ、会ってみない？」

　うん、と首を縦に振った。

　昔からカンペーの言いなりだった。

　好きだから。好きだったから。

　でも、カンペーは、そんな気持ちをまったく汲《く》んではくれなかった。ほとんど兄妹のような気持ちでいるらしかった。わからなくもない。明子だって、カンペーを兄のようにずっと思っていたのだから。

　お互い一人っ子で、母親同士が姉妹（顔も似ていた）で、家も近くて、年も近くて（生まれ年は一つ、学年は二つ、明子が下）、幼稚園も小学校も同じだった。カンペーも明子も中学から私立の学校に通いだしたから、学校は違ったが、分かれてしまってからも仲はよかった。赤点続きで補習を受けなければならなくなった時はいつもカンペーに助けを求めた。

頭はよかったけど、カンペーなんて昔は全然かっこよくなかった。硬い髪がぴんぴんと撥《は》ね、細い目はいつも誰かを睨《にら》んでいるように見え、そのうえ痩《や》せっぽちでチビだった。うんと小さい頃はカンちゃん、カンちゃんと呼ばれていたが、小学校の高学年頃からカンペーになった。女子もカンペーと呼んだ。カンペーの顔にはそばかすがいっぱいあった。小学校卒業間際になっても男子と意識されることがないような子供だった。

それにひきかえ、明子は美しい子供だった。

明子の黒いまっすぐな髪とくっきりとした目鼻立ちは、いやでも人の目を惹いた。父方の祖父にドイツ人の血が入っているそうで、子供の頃の明子にはその血が色濃く出ていたらしい。父親似で、とくに父の子供の頃にそっくりだとよく写真を見せられたものだ。

叔母はしょっちゅう言っていた。明子ちゃんはなんてかわいいのかしら、うちの子と取り替えたいわ、と。

「うちの子になる?」

ふざけて訊かれるたび明子は、うん、と頷《うなず》いたものだ。叔母の家は心地よかった。

あれが実現していたら。

カンペーのところへ嫁ぐという形で。

どんなにか、晴れがましかったことだろう。

ぼんやりと、ほんとうにぼんやりと、明子はそれを夢見ていた。

いつ頃からだろう。

いつ頃からそんな夢を見ていたのだろう。

明子にはそれがわからない。学生時代、カンペーを恋人と勘違いした友人に、恋人じゃないよ従兄だよ、とムキになって訂正したあの日、あの頃明子はどういう気持ちでいたのだったか。

はっきりとカンペーを意識したのは、明子の父親の死後だ。

十二年前、明子の父は浮気相手の家で急逝《きゅうせい》した。父にそんな人がいるなんて明子は知らなかったが、母はとうに知っていたようだ。報《しら》せを聞いて半狂乱になった母は、その日を境に心身共に変調をきたし、目に見えておかしくなり、三年後、薬の過剰摂取で、事故か自殺か判然としない形で死んだ。泣いたり喚《わめ》いたり暴れたり、ひどく落ち込んで動けなくなったり、かと思うと、外に出掛けて凄《すさ》まじいまでの買い物をしたり泥酔したりと、母からまったく目が離せない怒濤《どとう》の三年間だった。父の死による忌引のまま、勤めていた会社は辞め、母の世話に明け暮れ、振りまわされた。叔父、叔母、カンペーに支えてもらった。カンペーはその頃すでに弁護士になっていたから、面倒なことが起きるたび、いやな顔ひとつせず相談に乗ってくれ、すすんで手を貸してくれた。ノイローゼになりそうな明子を食事に連れだしてくれたりもした。まるでデートのようだった。

カンペーがいてくれてよかったと心からそう思ったものだ。この人がいなかったら、おかしくなった母に引きずられ、自分も同じように壊れてしまっただろう。心の赴くまま、カンペーにすがりつきたかった。自制したのは何故《なぜ》だったか。急激な恋心の芽生えに戸惑い、明子自身ついていけなかったのだと思う。そう、だから、あれは確かに恋心というものだった。

そしてそれは、生まれると同時に、当然いつか叶うはず、という困った錯覚を明子にもたらした。なぜってカンペーはあまりにも自然にそばにいる人だったから。カンペーが明子から離れていく日が来るなんて考えられなかった。

しかしながらカンペーは、七年前、六つ年下の弁護士事務所のアシスタントと結婚した。

その少し前、叔母が、

「あの子、付き合ってる人がいるみたい。相当惚《ほ》れてるわね。結婚しそうな勢いよ」

と明子に耳打ちした時、明子にはそれが、自分以外の誰かだと認めることができなかった。カンペーと付き合っていたわけではなかったし、気持ちを伝えたわけでもなかったのに、カンペーと結ばれるのは自分だと信じ切っていたのであった。

結婚式にも参列したが、明子にはまるで実感が湧かなかった。披露宴では夢遊病者のような空っぽの心地で親族席に坐《すわ》っていた。帰り際《ぎわ》、ぼんやり坐ったままでいたら、

「もしかして、明子ちゃん？」

と叔母が言った。叔母は驚いたような、おどおどと困惑したような顔つきで明子を見つめていた。

笑おうとしたが出来なかった。

明子の左目から、つう、と涙がこぼれた。叔母があわててハンカチを手にし、明子の頬を拭《ぬぐ》った。繊細なレースの縁取りがある白いシルクのハンカチだった。明子はなにも言わなかったし、叔母もそれ以上、なにも言わなかった。

カンペーが結婚しても、明子の生活にはなんら変わりはなかった。

明子は母の死後も勤めに出ることはなく、遺された財産を遣って、料理教室や、フラワーアレンジメントや、茶道や、刺繡《ししゅう》を習って、有り余る時間を潰していたのだったが、それらは皆、カンペーと暮らすための準備だったと、やっとわかっただけだった。待っていたのだ、明子はその日が来るのを。

そして悟った。その日が来ないことを。

わかったものの、どうすることもできず、虚しい気持ちを抱えたまま、その暮しを続けるしかなかったのだった。

続けるのは簡単だった。

一年、二年、三年、と、飛ぶように日々が過ぎていった。

いったい、どうやったら、ここから抜け出せるのか、明子にはさっぱりわからなかった。苦しい、と思い始めていた。

征治との結婚は、明子をそこから救い出してくれたともいえる。

征治に気に入られ、結婚したいと言われた時、明子は心の底から嬉《うれ》しかったし、安堵《あんど》した。舞衣も、明子が母になることに賛成してくれた。のんびりとしたやさしい子だったから、明子もすぐに打ち解けたし、姑《しゅうとめ》もよくしてくれた。姑は、新しい家族の邪魔をしちゃ悪いと一駅先のマンションに移り住み、たまに顔を出しては、征治や舞衣の食べ物の好き嫌い、家事のやり方、親戚付き合いの仕方などを細々《こまごま》伝授してくれた。高価そうな着物や帯も、これは若向きだからと気前よく明子にくれた。姑が、征治の前妻をいまだに毛嫌いしているのもわかったし、明子の両親の死に方について何も知らないのもわかった。叔父も叔母もカンペーも、そのことについては何も語っていないのだった。ということはつまり、征治も何も知らないのだろう。

砂上の楼閣《ろうかく》、ではないが、足元がぐらぐらしたように思えた。この家は、危うい土台の上に建っていて、何かの拍子にぐしゃりと崩れてしまうのではないか。

そんな時、舞衣が、電話で、明子のことを、あいつ、と言っているのを聞いてしまったのである。

あいつ。

舞衣もいつの間にか中学生。いつまでも子供じゃないとわかってはいたものの、あいつと呼ばれているのを聞いたら尋常な気持ちではいられなかった。

打ち解けてなどいなかったのだ。はじめてお母さんと呼ばれた時は本当に嬉しくて、恥ずかしくて、頬が赤く染まったほどだったのに、心からそう呼んでくれたわけではなかったのだ。ここもぐらぐらだった。せめてここだけでもしっかりしていたら、もう少し自信が持てたかもしれないのに。

不安ばかりが大きくなる。

一昨日かかってきた領子《りようこ》の電話を受けてから、いっそう、気持ちがざわつくようになった。

ここにわたしの未来はあるのだろうか。


思えば不思議な電話だった。

領子とは、短大を卒業後もなぜか連絡が途絶えなかった。あの怒濤の三年間でさえ、一年に一度か二度、細々《ほそぼそ》とメールのやり取りが続いた。父が亡くなったことや、会社を辞めたこと、母が亡くなったこと、伝えにくいことはいつも半年くらい後になって報告するのが常だった。やっと落ち着いたんだけど、じつはこんなことになってて……というふうに。結婚についても、半年くらい経ってから、メールで伝えた。お祝いがしたいから会おうと言われたけれど断った。まだばたばたしていて新しい生活に慣れなくて時間が取れないのよ、また落ち着いたらメールするから、とごまかしてしまった。どういう人に嫁いだのか、どこに嫁いだのか、具体的なことはメールに何も書かなかった。幸せそうな空気さえ伝わればいい。領子はしつこい性格ではないから、それ以上、詮索せず、お祝いの会は流れ、しばらくしてペアのグラスを受け取った。そのお返しにタオルセットを送り、そのたびにメールが行ったり来たりした。年賀状のやり取りも続いている。

とはいえ、直接話したのはいったい、いつ以来だろうというくらい久しぶりの電話だった。

領子は「同窓会に行くか」とまず訊《たず》ねた。

そういえば、そんな案内が来ていたな、と思い出しながら「わからない」と答えると、「ああそう」と、あっけないほど簡単にスルーした。

「なによ、それ。領子は？　行くの？」

「行かない」

「え、行かないんだ」

じゃあ、なんのための電話なのだろうと訝《いぶか》しい気持ちで沈黙すると、領子が、いきなり同窓の友人、ノンの話をしだした。ノンの話というか、その頃の遊び仲間だった森川雄士《もりかわゆうし》の話。ノンが見た夢の話から始まって、森川雄士が亡くなった時の話。ノンが自殺を疑わせるような発言をしたために、森川雄士は自殺だろうとみんなの意識を傾かせてしまった可能性があると気づき、今ごろになって悔いているという話。だらだらと続くわりに、いまひとつ要領を得ない、妙な話題だった。

「ごめん、よくわからないんだけど、ノンはつまり自殺じゃなかったってことが言いたいわけ？」

「さあ、それはわからないんだけど」

「わからないの？　じゃあ、なんなの？」

「なんなの、とわたしに訊かれてもだね」

「ねえ、ノンはなにをそんなに気にしているのよ？」

うーん、と領子は考えた後、

「自殺以外の可能性を封じ込めてしまったのが自分ではないか？　みたいな？

……後悔？」

と答えた。

「みたいな？　みたいな、って何。意味がわからないんだけど」

「だよねえ。うーん、なんて言ったらいいのかなあ。つまりその、自殺だと思わせてしまったのが自分だとしたら申し訳ないって」

「申し訳ない？　だれに？」

「みんなに？　いや、森川くんに、かな？」

「自殺じゃなかったとしたら、事故だったんだ、ってことが言いたいの？」

「その可能性もある、ってことなんじゃないかな」

「その可能性があったとして、森川くんの死が自殺なのか事故なのか、今になって、はっきりさせなきゃいけないの？　どうして？」

「いや、そういう話でもないんだとは思うんだけどね」

「でもそういう話でしょう？」

「まあ、そういう話ともいえるか」

「領子。よく考えてみなさいよ。これだけ時間が経って、ご遺族だってさすがに落ち着いた頃でしょう。そっとしておいたらいいじゃない。自殺だろうと事故だろうと、ご遺族にとって重みは同じ。っていうか、そこが違ってくるとまた別の重みが出てくると思うのよ。ようやく自殺だということで納得してきて、事故でした、ってなったら、別の苦しみが出てくる。関係ないノンが十五年以上経った今、引っかき回すことかなあ？　こんなこと蒸し返してなんになるの？　なにかいいことあるの？　なにもないでしょう？　領子もおかしいでしょう、そんな話を真に受けてわざわざ電話してくるなんて。よく考えなさいよ。まったくどうかしてるわよ」

「あー、まあそう言われてみればそうかもだね」

はは、と自嘲《じちょう》気味の乾いた笑い声が伝わってきた。

「なんかあれだね、明子、結婚して迫力出たね」

「迫力？」

「なんかいま、ちょっと怖かったよ」

「そう？　そうかな」

自殺だとか事故だとか、母のことでさんざん苦しんだから、どうしても過敏に反応してしまうのだと言い訳したかったが言えなかった。

「まあ、たしかにね、明子の言うことはもっともだよ。たださ、ノンの気持ちもちょっとわかるっていうか。ご遺族にとっても森川くんの死は重かっただろうけど、ノンにとっても……そりゃ、ご遺族ほどではないにしてもだよ、少なくとも軽くはなかったわけでさ、それは今も続いているわけでさ、関わってしまった分、落とし前をつけたいっていう、そういう気持ちなんだと思うのよ。死因をはっきりさせようっていうより、これはたぶん、森川くんって人がいたことをはっきりさせようっていうような。はっきりしてるんだけどね、それは。はっきりしてるよ、もちろん。でも森川くんは私たちといっしょに年を取れなかったわけじゃない。そういうやりきれなさがやっぱりあるじゃない？　そう思うから、ノンの気持ちを伝えようって気になったわけ。いっしょに海に行ったりしたこともあったわけだしさ、カラオケ行ったり、飲みに行ったりもしたわけだしさ。その人があの日からもういないんだもの。砂浜でダンスしたことおぼえてる？　上手《うま》かったよね、森川くん。いっつも日に灼《や》けててさ。あ、そうだ。カンペーくん、元気？　森川くんと仲良かったよね」

領子の言葉に記憶が蘇《よみがえ》る。あの頃は楽しかった。

領子やノン。カンペー。カンペーの友達の森川くん。善《ぜん》くん。小曽根《おぞね》くん。栃田《とちた》くん。穂乃香《ほのか》や美晴《みはる》。小沼《こぬま》さん。なにかっていうと集まっては、みんなで遊んだ。なんの心配もせず、ただ若さを享受し、笑い合っていた。

「元気、元気。カンペーも年取ったよ。今や二児の父」

「へえ、あのカンペーくんがお父さん？　やだなあ。年取るはずだなあ。カンペーくん、きっとすっごい過保護になってるね。昔、明子が西《にし》くんと付き合ってた頃、すっごい心配してたもんね。おっかしかった。西くんってほら、ちょっと遊び人ふうな人だったじゃない？　だいじな明子が遊ばれて捨てられたらどうしよう、みたいなこと言ってたんだよ。あたし、おぼえてる。あんなやつに会わせて失敗した、みたいな。まるでほんとの兄貴みたいだった。いや、ほんとの兄貴はあんなふうじゃないね。あれは、こう、明子の守り神。正直、羨《うらや》ましかったなあ」

そんなんじゃないよ、と言いかけて、そうだったんだ、と思い直した。カンペーはずっと明子の守り神だった。

「子供の頃からずっとあんな感じだったからね」

「うちの兄貴は妹の私をいじめてばかりだったけどね」

ふふふ、と明子は笑った。昔、その話を聞いた記憶がある。

「だってカンペーは、領子のお兄さんとちがって、子供の頃、いじめるよりいじめられる方だったもの」

「それが信じられなかったんだよなあ。私が会った時にはすっかり好青年になってたもの。弁護士めざして、かなり勉強してたよね。ちゃんと弁護士になったんだから、すごいよ。そういえば、カンペーくんはその後、小沼花《はな》と付き合ったの？」

「え？」

「森川くんが亡くなった頃から、もう全然、あの辺の人たちとの交流がなくなってしまって、その後のこと、あたし全然知らないんだ」

「カンペーが小沼さんを？」

「好きだったんだよねえ？」

「あ、そうなんだ」

どぎまぎしながら、どうにか、声を発するだけで精一杯だった。

「結婚相手は小沼花とか？」

「まさか」

強く否定し、心の動揺を鎮める。

「だよね。その後付き合ったにしろ、結婚には至らなかったわけか」

と領子が言った。「そんなものよね。で、明子は？」

「え」

「明子はどうなのよ？　結婚生活はいかが？」

「ああ、べつにごく普通の生活よ。普通に平凡に暮らしてる」

「普通に平凡か。ま、私たちくらいの年齢になると、それがいちばんだよね。あたしも犬と平凡に暮らしてる」

「犬？　彼じゃなくて？」

「犬」

くすくすと領子が笑った。「私のパートナーは犬」

それから領子は飼い犬のモモがいかに可愛《かわい》らしいかを語り、そのモモを実家に預けて、来週半ばにでもノンのところへ遊びに行くつもりだが、明子もいっしょにどうかと誘った。そんなに簡単には行けないわよ、と断っているのに、領子は、ネットで調べたばかりの東北の温泉宿だの、観光スポットだの、ご当地グルメだの、盛りだくさんの計画を次々語り、いつでも参加可能だから連絡してきてよ、と繰り返し、最後に穂乃香の連絡先を訊ね、明子が住所録を引っ張り出して伝えたところで、玄関チャイムが鳴り、電話を終えた。


それから二時間後、明子はカンペーに電話をかけた。

小沼花のことが頭を離れなくて。

我慢しようとしたが、我慢しきれなくなって。

電話は繋《つな》がったが、カンペーは会議中で、半時間後、かけ直してきた電話を手に、明子は、領子から聞いたばかりのノンの言葉をおぼえているかぎりすべて伝えた。

領子を非難したくせに、明子もまったく同じことをしている。今さら蒸し返したって仕方のないことを、こうしてわざわざカンペーに伝えるのは、カンペーが森川雄士と親しかったからだ、明子はそう自身に言い訳をした。

カンペーは静かに聞いていた。

「おれもそう思ってたんだよ」

とカンペーはつぶやいた。「あいつは自殺じゃないんじゃないかって」

「そうなの?」

「あの時、ぱあっと自殺って噂が広がっただろう? だけどどうしても腑《ふ》に落ちなかったんで、葬式がすんでひと月くらい経って、ご両親の話を聞きに行ったんだよ。遺書はないって話だった。じゃあなんで自殺ってことになったのか訊いたら、ご両親も黙り込んでしまって。強いて言うなら、現場に靴がきちんと揃《そろ》えておいてあったことくらいだと仰《おつしや》っていた」

「だったらやっぱり……」

「いや、そうとも言えない。あいつ、あの頃、前衛っぽい、あれ、なんていうの、舞踏? ああいうのを自分のダンスに取り入れようとしてて、裸足《はだし》になることあったんだ。だから、靴を脱いでたくらいじゃ、理由にならない。それは警察にも伝えた。おれが伝えに行った。けっこう勇気を振り絞って行ったんだけど、担当のおっさん、若い人がこういう亡くなり方をすると、こうやって、自殺ではない、って言いに来る人はよくいるってあしらう感じでさ。森川は裸足じゃなくて靴下を穿《は》いてたそうなんだ。舞踏っていうのは裸足になるって力説した後だったから、おれの訴えもあっさり却下されちゃってさ。だけどあそこ、建築現場だぞ。裸足になりたくてもなれなかったかもしれないじゃないか。そう食い下がったんだけど、どうにも話が嚙《か》み合わない感じで、最後までちぐはぐなままだった。ああこれはすでに幕引きになってるんだなと思った記憶がある。死にたがってた、って証言がいろいろあるんだっていうのもその時聞いた。おれは知らなかったけど、そうだったのか、って驚いた。もしその出どころの何パーセントかがノンちゃんだとしたら、わからんでもないなあ」

「そうだったんだ……」

「んー、でもまあ、ノンちゃんもそんなに気にすることはないよ。それはきっとノンちゃんの……なんていうか、驚きの声みたいなものだったわけでさ。どちらにしろ、たいして責任はないよ。ああいう場合、他殺はべつにして、事故か自殺かはっきりしないことはよくあるんだ。二者択一っていうものでもないことはあっちゃんだってよく知ってるだろう？　誰もノンちゃんを責めたりしないよ。森川だって、きっとそう」

いつになく、カンペーは饒舌《じょうぜつ》で、冷静でありながら温かみのある、よくなじんだその声を聴きながら、だがしかし、なぜだか明子は少し苛立《いらだ》っていた。そんなこと、今まで聞いたことがない。森川くんが亡くなった時、お通夜もお葬式も明子はカンペーといっしょに参列したはずなのに、何一つ聞かされていなかった。

「おれ、森川、好きだったんだよなあ」

とカンペーが言った。そうしてひとつ深いため息をついた。

「いつも司法試験のことを気にして、どこかセーブしてしまうおれとちがって、あいつはいつもこう、なんか自由でさ、バカでさ、でもいいやつでさ。おれは好きだったんだよ。死んじまったけどな。一生付き合いたいやつだった」

「そんなに仲良かったんだ？」

「仲良かった、ってひとくちで言えるようなものでもないんだけどさ」

「ふうん」

明子は、いちど躊躇《ためら》った。ほんとうはべつのことを訊きたくて電話したくせに、いざとなると言葉がさらさら出てこなくて、一度くちびるをきゅっと締めた。それから、意を決してくちびるを開く。

「ねえカンペー」

「ん」

「小沼さんは？」

「え？」

「小沼さんのことは？　好きだったんでしょう？」

「どうしたの、きゅうに」

「ちがう？」

カンペーが、いくぶんわざとらしい笑い声をたてた。

「あっちゃん、なに言いだすんだよ。まったく、いい年して、やめてくれよ。勘弁してよ。そんな昔の話」

「正直に言いなさいよ」

カンペーの喉《のど》が鳴る音が聞こえた。緊張感のようなものがふいに耳に伝わってくる。ごくりとカンペーが唾を呑《の》み込む。明子もまた、音をさせないように注意しながら、小さく唾を呑み込む。

「無神経だぞ」

温かみのまったくない声だった。

「触れられたくない部分は、あっちゃんにだってあるだろう？　おれはそれを尊重している」

母のことを言っているのだろうか。それとも父のこと？　いやもっと、もっともっと触れられたくないことはたくさんある。そんなことばかりにまみれて暮らしているんじゃないか、そんな気がして胸が痛くなる。

「そうね」

と短く答えた。

「あっちゃんに気づかれていたとは思わなかったけど、とにかくもう終わったことなんだよ」

「カンペー？」

「もう切るぞ」

カンペー？

終わったことってなに？　終わったことって、なにかが始まっていたの？　いつ？　どんなふうに？

訊きたいことは山ほどある。山ほどあるが、訊いても答えてはくれないだろう。それにこれ以上食い下がったら、カンペーに嫌われてしまう。

小沼花。

年賀状のやり取りだけは今も続いている、あの子。

あの子となにがあったの？　あの子のことが好きだったの？

あの子とカンペーとの間になにかあったなんて、明子はなにも知らなかった。目の前が真っ暗になったような、あるいは真っ白になったような、なにがなんだかわからない気持ちのまま、明子は、そうね、そうだよね、と意味があるような、ないような言葉をつぶやき、じゃあノンの言葉はぜんぶ伝えたからね、と言って電話を切ったのだった。

もちろん、翌日の昼間、明子は小沼花に電話をした。明子は話した。カンペーの時と同じように。領子の話、領子から聞いたノンの話、ノンが気にしている森川雄士の話。

小沼花は、辛抱強く聞き続け、ノンちゃんの気持ちはよくわかった、と言った。それから、でもね、と付け加えた。

「わたし、森川さんが亡くなった時、もうそっちにいなかったのよ。卒業してすぐこっちに戻ってきたから。だからお通夜もお葬式も行ってないし、どうして亡くなったのか、そういうこともよく知らないままなの。ううん、ちがう。自殺じゃないと思うってある人が言っていたのを聞いていたから、漠然と、自殺じゃないって思ってた。ようするに、わたし、ノンちゃんの影響はあまり受けてないの」

「ある人ってカンペー？」

直感で言ってみると、思いがけず、小沼花が動揺したのがわかった。

「え？　あ、ああ、うん、そうかも」

図星だったらしい。

ちくりと胸が痛んだ。それを隠すかのように、明子は従兄のカンペーの近況を小沼花に語った。何も感じていないと自分で自分を試すように、あれもこれもと勢い込んで彼女に話してしまう。

「もういいわ」

と小沼花が遮った。「みんな元気なのね。カンペーさんも。それがわかればいいわ」

「それだけ？」

「あら。みんな元気ってとっても大事なことよ。うちは、父がもうずっと入院しててね、母は母でショートステイさせてもらえる介護施設へ行ったり戻ったりで手が掛かるし、もうねえ、毎日たいへんで。でもとりあえずわたしは元気でやってる。それがありがたいなあ、といつも思ってるの。わたしまで倒れちゃったら、アウトだもの。みんなも元気でやってるんだなあ、って思うとそれだけでうれしいわ」

「結婚は？　小沼さんって一度も結婚してなかった？」

小沼花はずっと小沼花だったという記憶が確かにあるが、もしかしたら名字が変わらなかっただけで結婚していたのかもしれない、と思い切って訊ねてみる。

「してないわよ、一度も。あいにく御縁がなくて。だからここ十年、ずっとこんな生活が続いている。年の離れた姉がいたんだけど、亡くなってしまって、わたしが頑張るしかなくて。まあでも一番過酷だった頃はどうにか過ぎて、今はうんとまし。母がショートステイしている期間は時間も作れるし、まとめていろいろやれるから助かる。ちょうど昨日から二週間の入所中。おかげでこんなふうに電話もゆっくりしていられる。さっきまで介護ベッドのマットレスはずして大掃除していたところ」

そうして、彼女は、腰が痛くて、とからから笑い、介護生活の苦労話を面白おかしく語ってくれた。昔は、控えめなお嬢様ふうで、その実、なにを考えているのか今ひとつよくわからない、得体の知れないところのあった（やや苦手な）娘《こ》だったけれど、ずいぶんたくましく軽やかになっている。そんな感想を明子がつい口にすると小沼花は、ぷっと吹きだした。そりゃ、だって、たくましくもなるわよ、人って、たくましくなるために生きてるみたいなものじゃない。そういうふうにこの世はきっと出来てるのよ、と大真面目に言うのだった。

「そうなの？」

「そうよ。でも、こうしていざたくましくなってしまうとあの呑気《のんき》な短大時代がむしょうに懐かしいわね。わたし、あの頃なあんにも考えてなかったわ。背負っているものもなあんにもなくて、ただぽかーんと生きていた。さあ海へ行こうって誘われたら海へ連れられて行き、バーベキューに行こうと言われたらバーベキューに連れられて行き。誘ってくれたのは、たいていノンちゃんだった。花ちゃんもどう、って気軽に声かけてくれるからうれしくって。お邪魔かなと思ってもついて行ってた。会いたいなあ」

「同窓会は？　今月末にあるじゃない」

「その時期は、母が家にいるから無理無理。ほんと、昔はよかったよね、思い立ったらぱあっと好きなところに行けて。あんな日々はもう夢ね。今じゃ相当思い切らないと旅行ひとつままなりません」

なぜだか明子は小沼花がうらやましいと思った。

うらやましい要素なんてなにひとつないのにうらやましい。強いて言うなら、その清々しさが。あの子は、こんな子だったのか。もしくはこんな子へと変化したのか。

クリームコロッケ、卵とハムのサラダにきんぴらごぼう、かぼちゃの煮物、あさりの佃煮《つくだに》、お吸い物にセロリの醬油《しょうゆ》漬け。

ざわついた気持ちを抱えたまま、夕刻からシンクの前に立ち、明子は料理を作った。

征治は接待で遅くなるから今夜は食べない。

舞衣と二人だけの夕食。

衣をつけた俵形のコロッケを油で揚げながら、いっそ、旅に出たいと明子は思った。ここが砂上の楼閣で、ここにわたしの未来がないのだとしたら、どこに未来があるのか確かめたい。いやちがう。そうではない。明子は思い出したいのだ。遠い昔、学生だった頃、わたしは何を夢見ていたのか。どんな未来を夢見ていたのか。どこで何を忘れてきたのか。それを思い出したいと、痛切に明子は思ったのだった。

油がはねて、手の甲に小さな火傷《やけど》が出来た。

水道水で冷やしながら、小沼花のことを考える。それからカンペーのことを。それから領子。それからノン。

舞衣はもくもくと箸《はし》を動かし、次々料理を平らげていく。

テレビのニュース番組に時折目をやりながら、明子はその旺盛《おうせい》な食欲を嬉しく思う。

たとえ〝あいつ〟と言われても、母親として認めてくれていなくても、とりあえずこうして料理をきちんと食べてくれるのならそれでいいような気もしてくる。

それとも、そんな単純で簡単なものではないのだろうか。

ここはやはり砂上の楼閣なのか。そんな柔《やわ》なものなのか。

「ねえ、舞衣ちゃん」

茶碗を手にしたまま、話しかけた。

「ん」

という声が返事なのか、よくわからない。

「二、三日、家を空けていい？　わたし、いなくてもいい？」

「えっ」

箸を手にしたまま、舞衣がぎょっとした顔で明子を見る。「なに、それ」

「だから家を……」

と言いかけた瞬間、頭の中に、思いがけない言葉が現れる。

ねえ、わたし、この家から出ていくべきかしら？　出ていった方がいいのかしら？

浮かんだ言葉は、しかし、どうしても口にすることはできなくて、明子はぐずぐずと口を噤《つぐ》んだ。

「出てくの？」

驚いていたら舞衣が不機嫌そうに顔を歪《ゆが》めた。「そうなの？」

何も口にしていないのに、いったい何が舞衣に伝わったのか、明子は途端に狼狽《うろた》える。

「あのさ、家出とか、そういうの、やめた方がいいよ」

箸をばちん、と下に置いて、舞衣が説教じみた口調で言った。「お祖母《ばあ》ちゃん、まじで怒るから」

話にまるでついていけなくて明子はぽかんと口を開ける。

「やめた方がいい」

「なんで」

「お祖母ちゃん、今でも怒ってる。あたしのお母さんのこと」

「お母さん？」

「あ、ごめん。ほんとのお母さんの方。あたしが生まれてすぐ、あたしを置いて家出して、それからすぐ死んだから、そうやって勝手なことばかりしてたから病気になって死んだんだって、お祖母ちゃん、いつもそう言って怒ってた」

「舞衣ちゃんに？　そんなことを？」

「赤ん坊を置いて家を出ていくなんてろくな女じゃないって。あたしのお母さん、ひどい人だったんでしょう。ああ、いい、あたしに気を遣わなくて。あたし、ほんとのお母さんのこと、ほとんどおぼえてないし」

「なにを言っているの！　そんなことあるもんですか！」

どん、とテーブルを叩《たた》いて、明子は主張した。わなわなと身体《からだ》が震え出すような怒りがどこからともなく湧き起こってくる。

「あのね、舞衣ちゃん。あなたのお母さん、そんな人じゃないわよ。そもそも家出と病気は関係ありません。家出は家出。病気は病気。たとえ家出したことがあったとしても何かわけがあったのよ。それに病気になったことに責任はないわ。ないどころか、あなたを遺してこの世を去っていった無念さをどうしてわかってあげられないの。そんなひどいことをあなたに言うなんて信じられない！」

舞衣が、目を見開き、ちょ、ちょっと落ち着いて、と言った。落ち着いてお母さん、と。

「落ち着いてなんかいられないわ」

「あー、あのさ。わかるけど。お祖母ちゃんってさ、基本、ああなんだよ。だから落ち着いて」

なだめるように舞衣が言う。「ああやって、ばあっと言いたいこと言って生きてる人だからさ、真剣にやりあったらだめなんだよ。わかる？　お父さんが言ってたけど、とにかく負けず嫌いなんだから、同じ土俵にのったらだめなんだって。戦いにしたらだめなんだって。あたしのほんとのお母さんはそれで失敗したんだと思うんだよね。たぶんね」

明子はぎゅっとくちびるを噛みしめた。

頭の奥がじいんと痺《しび》れてくる。うすうす気づいてはいたけれど。

姑は、だから明子と同居しなかったのか。それとも、同居しないように征治が引導を渡したのか。知らせなかったことと、知らないことの分量は、もしかしたらたいして変わらないのかもしれない。たしかに砂だ。下には砂が広がっている。

テレビのニュース番組がいつのまにかバラエティ番組に替わっていて、耳障りな金切り声と笑い声が響いていた。

「あのさ、だから、とにかく家出はやめた方がいいよ」

舞衣が眉間に皺《しわ》を寄せて心配そうにそう言った。「なにがあったか知らないけどさ、とりあえず家出はやめたら」

明子の眉間にも、気づいたら盛大な皺が寄っていた。こめかみが痛くなるくらい力が入っている。

そのまま難しい顔でこくりと頷くと、舞衣もこくりと頷いた。少しだけ笑みがこぼれた。まるで舞衣が慈愛に満ちた母親で、明子が舞衣の娘のようだ。

「けど、でもさ。お祖母ちゃんもさ、悪い人じゃないんだよね」

お互い、もう一度、こくりと頷きあう。

舞衣が箸を取り、ふたたび食べだした。

クリームコロッケの付け合わせのブロッコリーをぱくりと食べる。

この家に来たばかりの頃、この子はブロッコリーが食べられなかった。

背も高くなった。

体重も増えた。

この子は成長を続けていたのだ。

そうして明子は静かに征治のことを考える。明子がこの家にやすやすとなじめたのは、見えない征治の思いやりと力があったからだとようやく気づく。征治と交わした会話や、ぬくもりを、しみじみと反芻《はんすう》する。守り神というのなら、今や征治こそが明子の守り神なのではないだろうか。

そろそろ新しい夢を見たっていい頃かもしれない。砂の上にだって、工夫をすれば、案外面白い建物が建つのかもしれない。そんな考えが頭をかすめる。

「ねえ、じゃあ、旅行は？　旅行も行ったらだめかなあ？」

お吸い物のお椀を手にした舞衣が、あっという顔をする。

「旅行？　旅行の話だったの？」

みるみる顔を赤らめながら、舞衣が訊ねる。

「学生時代の友達と、旅行に行ってきてもいいかしら？」

「いいんじゃないの」

少しぶっきらぼうなのは照れ隠しだろう。

「旅行中の家のこと、舞衣ちゃんに頼める？」

「やるよ。まかせて」

なんでもないことのように言いながら、舞衣がお椀をテーブルに置く。

完璧に家事をこなすことで家族の一員であろうとしていた明子にとって、拍子抜けするような一言だ。明子は思わず苦笑い。

「コロッケ、もう一つ、あるけど食べる?」

明子が訊くと、舞衣が、食べる、と答えた。

窓の外はすでに闇《やみ》。

花の影

旅支度を調《ととの》えながら、花《はな》は、明日があると無邪気に信じられた頃のことを、久しぶりに思い出していた。花ちゃーん、バーベキュー行かなーい？　花ちゃーん、これからみんなで海に繰りだすんだけど、いっしょにどう？　押入から引っ張り出したキャリーバッグをしずかに開けると、そこからあの弾《はず》む声が聞こえてくるかのよう。

忘れもしない。短大に入学して最初に声をかけてくれたのがノンちゃんだった。地方出身で友達のいなかった花にとって、それがどれほど嬉《うれ》しかったか。それ以降、ずうずうしくも、ノンちゃんが教室にいるかぎり、花は、なるべく彼女の近くの席に坐《すわ》るようにしたものだった。ノンちゃんは花を見つけると、あ、小沼《こぬま》さん、と明るい顔で笑いかけてくれた。そうして、少しずつ、話をするようになっていった。

つんつん、とノンちゃんが花の腕をつつく。海、行こ、海。

花は、ぽかんとしている。

ほら、行くよ。さ、立って。ほら、早く。

確か、あの海が、みんなと知り合うきっかけとなったはずだ。そう、あれは、梅《つ》雨《ゆ》の晴れ間の、ぎらぎらした暑い日。

ええー？　これから海ー？　と戸惑っていると、やや強引に、いいからいいから行こうよー、午後はさぼるの、どうせ暇なんだしー、と腕を引っ張られ、しぶしぶ連れだされた。そうして、花はたくさんの新しい友達を紹介してもらったのだった。

ねえねえ、この子、小沼花ちゃん。かわいいでしょ。出身は神戸。親の反対押し切って強引に出てきちゃったんだって。男子禁制のワンルームマンションで一人暮らししてるお嬢様。え、ちがう？　はは、まあいいじゃない、うちの学校、たいていお嬢様ってことになってんだから、お嬢様でいいのよ、お嬢様で。ええっと、花ちゃん、ボーイフレンドはまだいないそうです。って、さあ、どうするどうする？ただし、遊びで手を出すのはやめてよ、あたしが許しませんよ。苦笑いしていた男の子たち。海へのドライブにそぐわない花の紺色のワンピースは、誰よりも地味で、手を出そうなんて男の子はひとりもいなかった。女の子たちは皆、とても綺麗で、大人びて見えた。関西弁のイントネーションが恥ずかしくて黙りがちになる花に、彼女たちは、気さくに声をかけてくれ、いつしか遊び仲間になっていった。

ノンちゃんがいなかったら、東京での暮らしは全然違うものになっていたはずだ。

おそらく、うんと味気ないものに。

だから花は彼女に感謝している。

そんなノンちゃんも、東北の海辺の町に嫁いで東京を離れ、今では二児の母なのだそうだ。

荻明子《おぎあきこ》（今は二宮《にのみや》明子）が電話でそれを教えてくれた。

わたしも全然連絡を取っていないからよくは知らないんだけどね、領子《りょうこ》がそう言ってたわ。領子とノンは今でも連絡取り合っているみたい。領子は今も独身なんですって。犬と暮らしてる、なんてふざけたこと言ってたわ。まったく領子らしい。彼女はたしか、出版社にお勤めしてるはずよ。

明子と話をするのも卒業以来、おそらく初めてだったし、領子のことを思い出すのも久しぶりだった。

あまりにも突然の電話だったから、もしや、誰かの訃報《ふほう》だろうか、と内心びくつきながら出たのであったが、話してみたら、明子の語る内容はやや漠然としたもので、それはノンちゃんの話であったり、領子の話であったり、もうとうに亡くなった森川《もりかわ》くんの話であったりした。花にしてみれば、遠い、遠い、夢のように遠い話。日常との隔たりが大きすぎて、少しぼんやりしてしまったほどだった。

それでも古い友達からの電話は、花の気持ちを少しだけ、浮き立たせたのだろう。話している途中で、自分の声がいつになく、張りを帯びて、はきはきと、大きな声になっていると気づいた。若返っているとまで言ったら言いすぎだけど、なんだか、いやに元気がよくて、自分でもびっくりしてしまった。

親との約束を守り、卒業後すぐにUターンして地元に戻ってきてしまったから、花は卒業以来、ほとんど誰とも会っていない。ともかく、あれからいろいろなことがあった。ありすぎるほど、いろいろと。気づけば、今や、花の肩には、父や母が重くのしかかっている。短大時代の友達とゆっくり旧交を温め合う暇など、これまでありはしなかった。あの頃、二十年後の生活がこんなふうになるだなんて、誰が想像しただろう。

今月末の同窓会へは行くのか、と明子に訊《き》かれたから、行かない、と答えた。今月末には、施設にショートステイしている母が自宅に戻ってきてしまう。到底無理だ。

そう言うと、だったら今週、ノンのところへ行かないか、と誘われた。彼女のところへ領子が遊びに行くのだという。あちこち回って、ノンのところへは木曜か金曜あたりに訪れると予定しているのだそうだ。多少の変更ならするし、どこで合流してもいいから、参加してよ、と領子は言っていたのだとか。ねえ、だから小沼さんもいっしょにどう？　明子はそう花に言うのである。

「わたしもいちどは断ったんだけどね、あんまり急だったし。でも、小沼さんと話しているうちに、どうしてだか、小沼さんが行くなら行ってもいいかな、って思えてきちゃった。一泊か二泊ならなんとかなるんでしょう？　ねえ、行かない？」

「わたしが行くなら、って？　どうして」

「どうしてかしら？　なんだか、急に、小沼さんに、ううん、小沼さんだけじゃなくて、みんなに会いたくなってしまったのよ。だってもうずっと会ってないんだもの。もうずっと。ねえ、思い切って行かない？　領子、喜ぶわ。ノンだって、きっと。行きましょうよ、昔みたいに」

明子にそう言われて、くすぐったいような気持ちになった。たまには旅行だってしてみたい。母を自宅で介護するようになって以来、花は旅行とは無縁の生活だった。施設に短期入所中なら、行けないことはないのだが、いざとなると億劫《おっくう》で、それに日頃後回しになっている細々《こまごま》した雑用や買い物に追われるうちに、入所期間は終わっていってしまう。寝たきりで入院中の父のこともある。

実際、旅どころではない。

それでも明子に誘ってもらえたのは嬉しかった。

荻明子。

彼女は、あの頃、とびきり美しかった。

頭が小さくて手足が長いモデル体型で、そのうえ、つややかで長いまっすぐな黒髪と、はっきりとした彫りの深い顔立ちの持ち主。遠目に見ても彼女の美しさはすぐにわかった。何を着てもよく似合って、花はうらやましかったものだ。彼女を前にすると気後れして、ろくに喋《しゃべ》れなかったくらいだが、卒業後、ひょんなことから花は明子に親しみを感じるようになっていったのだった。寛一《かんいち》の存在があったから。

そう、寛一。明子の従兄《いとこ》の寛一と付き合うようになって、寛一との間でたびたび明子の話題が出て、花はいつしか自分まで少し身内の気分だったのである。といっても、明子はそれを知らないし、もう二十年近く前のことではあるのだが。

「行こうかな」

その日程なら行っていけないことはない。ならば思い切って。

「ほんとに？」

「うん。こんな機会でもないとなかなか外に出られないし」

「わたしも。……って、わたしの場合は、介護とか、そういうんじゃないんだけど……。小沼さんに比べたら全然ラクなんだけど……じつはわたし娘がいるのよ。子供がいると、なかなか出られないでしょう?」

「娘さん?」

「うん。でももう中学生だし、わたしがいなくても、ね」

「知らなかったわ。そんなに大きいお嬢さんがいるのね」

明子が、ふふ、と笑った。

「結婚相手が子持ちのバツイチだったの。驚いた? 彼とはカンペーの紹介で知り合ったのよ」

カンペー。寛一のニックネーム。

さきほど明子が寛一の消息を語っている間も、花は息苦しかった。

寛一の名前が出てくるたびに、花はざわざわと落ち着かない気持ちになる。いつか、こういう気持ちはなくなるのかと思っていたのに、だからこそ、その日が来るまで、なるべく思い出さないようにと努めていたのに、これだけ月日を重ねても、やはりまだ駄目なのか、と自分で自分が情けなくなる。

結婚して、父親になっているという寛一。弁護士として立派に働いているらしい寛一。そんな姿はすぐに想像できるのに、想像するのが苦しかった。幸せでいるらしいことを知れば、素直に喜べる。けれども、その喜びには小さなしこりのような苦みがくっついていて、花はそのしこりに翻弄《ほんろう》される。

寛一の横顔がふいに頭の隅を過《よ》ぎり、彼の硬い手のひらの感触が蘇《よみがえ》った。まるで昨日触れ合ったかのように。

明子との電話を終えた後も、花は寛一のことを考えていた。


「小沼さん、付き合ってる人、いるの？」

寛一に訊かれた日のことを、花は今でもはっきりと憶えている。

飲み会のあと、カラオケに行くみんなと別れての帰宅途中だった。司法試験の勉強があるから、といっしょに帰ることになったのが寛一だった。

あまりになにげなく訊かれたから、花はちゃんと答えられなかった。すると寛一がまた訊いた。

「いるの？」

卒業まであとひと月という時期になって、なぜそんなことを訊くのか花にはわからなかった。花は卒業したら、地元に戻る。それはすでに周知の事実で寛一も知っているはずだった。司法試験を目指している人が、遠距離恋愛なんてしてる場合でもないだろう。いや、それよりなにより、成島寛一に好意を寄せられているのではないかと思うことすら、そもそも有り得ない気がしたから、花はひたすら戸惑うばかりだった。

「言いたくない、ってことは、付き合ってる人が……いるってこと、なのかな？」

声が少し震えていた。

歩くスピードもどんどんゆっくりになっていく。

「いないけど」

小さな声で花は答えた。へんな勘違いをして、みっともないことになりたくないという気持ちが強かった。だから、なるべく感情を込めないで、つぶやくように花は言った。からかわれるのもいやだった。寛一はそういう人じゃないと思っていたから尚更《なおさら》。

二年間、花は、結局誰とも付き合わなかった。

東京での生活に慣れ、友達が出来、ふわふわと遊んでいるうちに学生生活は終わってしまった。二年なんてあっという間だった。もちろん恋はしたかったし、恋に憧《あこが》れてはいたものの、どうしたら恋が始まるのかわからないうちに日々が過ぎていってしまったのだった。熱烈に誰かを好きになるということは一度もなくて、誰かに好きになられることも一度もなくて、寛一に対してもずっと好意は持っていたが、それを恋だとは到底認められなかった。恋にならないよう、注意していたというのが真実かもしれない。従妹《いとこ》の明子があのレベルなのだと思うと、とてもじゃないが、花が恋をして叶う相手ではない。分不相応だと、早々に判断し、対象外にしてしまっていたのであった。

「だったら」

寛一はそう言って立ち止まった。花もつられて立ち止まった。

「だったら付き合ってもらえないかな？」

おずおずと、でも少し早口になって寛一が花に言った。びっくりしすぎて、花は絶句してしまった。なんでそんなことを言うのだろうと、うっかり後ずさりしたほどだった。

「逃げないで」

寛一が腕を伸ばした。

「に、にげてない」

でも身体《からだ》は逃げていた。

「だめならだめでいいんだけど」

「だ、だめじゃない」

「ほんとに？」

後から思えば、だめならだめでいいだなんて、そんな告白があるだろうかと苦笑せざるをえないが、そこが寛一らしいといえば寛一らしくもあって、花は困った顔で頷いていた。あの時の花、へんな顔をしてたよな、と後で寛一に言われたものだ。

普通、ああいう時にあの顔はないよ、にっこりともしてくれなくて、近づいてもこなくて、いったいどういうことだろうって不安になった。おれ、嫌われてんのかな、でも、嫌ってたら頷かないよな、って頭の中でぐるんぐるん考えてさ。どうしていいのかわかんなくて、なんか、衝動的に花の手首、摑《つか》まえたんだ。摑まえてくれてありがとう、花がそう応えると、寛一は、ふっと、力を抜いた感じで笑いかけ、ちがうよ、おれが摑まえられちゃったんだよ、花に、と返してくれた。いつの間にか、花のことが気になって気になって仕方なくなって、卒業したらいなくなるって知って、黙っていられなくなった。だめもとで、告白したくなった。恋愛は司法試験に受かってから、って決めてたのに、あっさり破ってしまった。

花と寛一はそうして付き合うようになった。

隠すつもりはなかったのだが、卒業までのばたばたした日々はみるみる過ぎて、まさかそんな頃になって付き合いだすなんて、と誰しも思うのだろう、意外に気づかれなくて、そうこうするうちに、花は東京を引き払い、遠距離恋愛になってしまったのである。そうなると今更わざわざ誰かに伝えるのもおかしな感じで、ふたりの関係はひっそりとつづけられることとなった。いつかみんなを驚かせてやろう、寛一がそう言い、花も、そうね、と了承した。花とおれがまさか付き合ってるなんて、きっと誰も思わないよな。ばれたらばれた時だけど、ばれなかったらみんなに伝えるタイミングは結婚。そうだね。いつしか、それはふたりの決定事項になる。秘密の付き合いは少し甘美な味もしていた。

デートはたいてい神戸だった。

寛一が会いにきてくれた。

花は地元を案内した。中華街や、異人館といったありきたりな観光名所はもちろんのこと、穴場的な公園、遊園地、大好きなケーキ屋さん、洋食屋さん、喫茶店。生まれ育った町にたくさんある思い出の場所。出身高校や中学。大阪や京都に足を延ばすこともあった。温泉へも行った。

楽しいけれど、ひと月に一度、会えるか会えないかの、じりじりした日々。

まだ携帯電話も持っていなくて、普段は自宅の固定電話で、たまに長電話するくらい。

荻明子の話もよく出た。

亡くなった森川雄士《ゆうし》の話も。

彼が亡くなった時、寛一は、電話口で泣きに泣いて、花は慰めの言葉もかけられなかった。ごめん、涙が止まらなくなってしまった、寛一はそう言って、いつまでも泣きつづけた。あいつが死ぬなんて、信じられない。彼の死は自殺ということだったけれど、寛一はそんなはずない、と言い切った。花もそんな気がした。願望だったのかもしれないが、花は、寛一の言うとおりであってほしかった。森川くんは自ら望んでわたしたちの前から消えたのではない、そう思いたかった。

時間はかかるけど、司法試験に合格して、無事修習期間が済んで、一人前の弁護士としてしっかり稼げるようになったら、結婚したいと思ってる。そしたらこっちに来てくれる？　寛一のそれは、プロポーズと呼ぶにはあまりにもぼんやりとしたものだったけれど、花は承諾し、その日を夢見た。

あの頃、花の未来は、寛一との未来だった。

「花が東京へ来ることになったら、お父さんやお母さんは許してくれるかな」

花にはちょうど十歳年上の姉、美絵《みえ》がいたが、花が地元に戻ってくるのと入れ違いに、結婚して家を出たばかりだった。

「うん、大丈夫」

「ほんとに？」

「花ちゃんは好きな人と、好きなところで暮らしたらいい、って、この間、姉が言ってくれたの」

寛一とのことは、少し前に、姉に知られていた。東京へ帰る寛一を見送りに新神戸の駅に行った折、どこかで見られていたらしい。話があるの、とお茶に誘われ、問いつめられた。

花ちゃん、先週の日曜日、いっしょにいた人、だれ？　もしかして恋人？　そうやろ、恋人やろ。あの雰囲気で友達ってことはないわ、それにこっちの人でもない。ふたりで新幹線の改札くぐっていったし、あの人、旅行鞄《かばん》提げてはったし。花ちゃん、とぼけたってあかん、ごまかされへんで。姉に詰め寄られて花は白状した。やっぱり、と姉は呻《うめ》いた。やっぱりそうやったんや、うわー、花ちゃん、東京の人と付き合ってるんやー。

ごめん。

花が謝ると、姉は、謝らなくていい、と言った。もう花ちゃんかて大人やし、それに、みんなの反対押し切って結婚したうちが、花ちゃん責められへんやん。

姉の結婚相手の貴《たかし》さんは町工場の跡取り息子だった。

「姉が味方になってくれたら、きっとうまくいく」

「それは心強い」

「だから早く司法試験に合格して。そしたらすぐにお姉ちゃんとお姉ちゃんの旦那さんの貴さんに紹介するから。もう約束しちゃったの、合格したら会わせるからって」

へえ、花ちゃんの彼氏、司法試験目指してはるの、相当優秀なんやね。じゃあ、その試験に通ったら、会わせてな。みんなでお祝いしよ。うわー、花ちゃん、なんやの、その顔。彼氏の話するだけで、そんなにやにやして。気色悪いわ。花ちゃん、その人のこと、ほんまに好きなんやね。花が生真面目に頷くと、それが一番やわ、と姉は言った。結婚してつくづく思うけど、好きな人といっしょなら、ちょっとくらいのこと、なんとでもなる。だからな、花ちゃん。花ちゃんも、好きな人といっしょにならなあかん。花ちゃんには、こんなしっかりしたお姉ちゃんがおるねんから、小沼家のことを心配することない。小沼の家のことは、うちらでちゃんと見る。親のこともお墓のことも。何があっても大丈夫。安心してお嫁にいき。お姉ちゃんがちゃんと長女の務めは果たす。約束する。貴ちゃんもそのつもりでいてくれてるしな。貴ちゃんってな、みんなが思ってる以上に太っ腹な、いい男なんやでー。早くそれ、お父ちゃんやお母ちゃんにもわかってほしいわー。認めてやってほしいわー。

両親は姉の結婚に最後まで反対だったから、姉は、嫁いで以降、実家にあまり顔を見せなくなっていた。あんなつぶれかけの町工場のせがれと忌々《いまいま》しげに父は言ったし、美絵ちゃんにはお見合いの話、いっぱいあったのになんであの人と、と母は悔しげに言った。期待を背負っていた姉だけに、父も母も、言わずにはいられなかったのだろう。辛かったと思うが、姉は言い返さなかった。といって、決意も揺るがなかった。花はそんな姉と両親の間に立って、始終おろおろしていたものだったが、姉は夫になる人をあれほど侮辱されたにもかかわらず、怒りにのみ支配されることなく、和解を目指してちゃんと未来を見つめていたのである。姉なりの覚悟を胸に秘めて嫁いでいったのだと知ると、花はあらためて姉を尊敬した。わたしのお姉ちゃんはすごすぎるわ、ほんま。

花は姉とほとんど喧嘩《けんか》をしたことがない。

幼い頃から、ずっと。

年がうんと離れていたせいもあるが、ちゃきちゃきして面白い姉は花の憧れであり、目標だった。いつも元気いっぱいで。やさしくて、きれいで。

妹って損、姉のお古ばかり着せられる、と文句を言う旧友がいたが、花はいつでも姉のお古を喜んで着ていた。高校時代は、姉の服をしょっちゅう借りていたくらいだった。大手貿易会社に勤める姉のクローゼットには服や小物がたくさんあった。

幼い頃から姉の後ろ姿を追いつづけていたと言っても過言ではない。高校も同じところへ進んだ。テニス部に入ったのも姉の真似《まね》だった。本や映画や音楽、宝塚《たからづか》。みんな姉の影響だった。

お姉ちゃん、お姉ちゃん、と慕う花を姉はよく面倒見てくれた。

姉は花に甘かった。

両親もまた、花に甘かった。遅くに生まれたから花ちゃんのことはとくに可愛《かわい》いんやろな、と周囲の人によく言われた。孫を可愛がるようだ、とも言われた。

花に反抗期はない。

反抗のしようもなかった。

従順ないい子でありつづけた花が、高校三年になって突然、東京の大学へ行きたいと言いだしたのはどうしてだったか。

　家族じゅうが驚いた。

「なんでなん?」

　父も母も姉も、花は、姉の通った大学へ行くものと思い込んでいた。花の成績ならそれは十分可能だったし、花自身、そうするつもりでいた。

　しかしながら、高校三年の夏、花は急に、進路を変えてしまったのである。

　このままずるずると家族に甘えたまま生きていたらいけない気がした。殻を破りたい、とも思った。

　それを切々と訴えた。

　卒業したら戻ってくるから、東京へ行かせてほしい。一人で頑張ってみたい。自立したい。

「そんなら、大阪か京都にしたら」

　と母が言った。「大阪か京都でも下宿できるやろ」

「近すぎる。そんなの、いやや。いんちきや」

「けど、東京は遠いわ。名古屋くらいにしといたら」

　姉が言った。

「いやや」

花は頑固だった。

なぜあの時、あんなに頑固だったのだろう。

本当のことを言えば、姉の後ろを歩き続けることにあの頃花は少し倦《う》みだしていたのであった。自立だの、なんだの、大きいことを言ってはいたが、花は姉に比べられるのが嫌になっていたのである。姉と比べて、花は、なにもかも、少しずつ劣《おと》っていた。成績も、運動神経も、テニスも、服のセンスも、なにもかも。勝てるものはひとつもない。同じ道を歩み続ければ、それはますます顕《あら》わになるだろう。そのことにようやく気づいた花は、そこから抜けだしたかったのである。

ならば、と父が条件を出した。

東京の女子短大（二年間しか行かせないという意味で）の候補をいくつか挙げ、この中のどれかに合格すること。むろん、神戸の大学も受けねばならない。東京の大学に落ちたら神戸の大学に行く。どちらも落ちたら、大学へは行けない。

父にしてみたら、大いなる譲歩だった。

それでどうや、と父は言った。

花は、それでいい、と答えた。

度胸がなくて一発勝負に弱い花にとって、厳しい条件だったが、それでも挑まねばならない。挑まなければ道が開けない。

受験勉強に励む花の耳元で姉がささやいた。

「花ちゃん、東京なんかやめたら。こっちで楽しく学生生活送ったらいいんとちゃう。うちの大学、ええとこよ。就職だって有利やで」

花は耳を塞《ふさ》いだ。

「東京は、こわいとこやで。花ちゃん、一人暮らしなんて出来んの？」

花は無視した。

「花ちゃんが東京行ったら、お姉ちゃん、寂しいやんか。いっしょに宝塚も行かれへん」

必死に花は勉強した。

東京、東京、東京。

花には東京しか見えていなかった。姉と違う道なら他にもいっぱいあったのに、あの時の花には東京がすべてだった。

あれはなぜだったんだろう。

寛一と出会うためだったんだろうか。

寛一と付き合うようになって、そんな考えが芽生えた。

あるべき未来を感じていたからあれほど頑固に東京行きを貫いたんだろうか。しかるべき運命を感じていたから必死に頑張れたんだろうか。そう思うと、花は、胸が熱くなったものだ。わたしは彼に出会うために、あんなに一生懸命勉強したのだ。彼と結ばれるために。

だからこそ、反対する家族を押し切って、神戸を出たのだ、わたしは。

花は正しい道を歩んでいる気がした。

そしてその道は、尚もまっすぐ、正しい未来へと続いている、と確信できたのだった。


「今年こそ、受からなくちゃな」

一月半ばの連休最後の日、試験が終わるまで、当分会うのは控えようと二人で話し合ったばかりだった。司法試験は春から秋、ずっと続く。さすがに集中を切らすわけにはいかない。会えなくても我慢しよう、お互い信頼しあっていよう。二人でそれを誓い合った。

曇りがちの空の下、神社の境内で賽銭《さいせん》を投げ入れ、だから今年こそ受かりますようにと神に祈ったのだった。

「まさに神頼みってやつだな」

「そうよ、神様にちゃあんとお願いしないとね。今年はきっと受かります。ここの神様は霊験あらたかなんよー」

「とはいえ、ここ、学問の神様じゃないだろう？」

花は寛一の手を握りしめた。

「大丈夫。ここはね、縁結びの神様なの。だから、受からせてくれるはず。だってわたしたち、受からないと結ばれないんだもの」

寛一の手に力が込められた。

「がんばるよ」

「うん」

「受かったらお礼参りに来なくちゃだな」

「そうだね。受かったら一番に来ようね」

その夜、寛一は新幹線で帰っていった。

もっと早い時間の新幹線で帰るはずだったのに、名残惜《なごり》しくて、結局、いつものように最終の新幹線になってしまったのだった。

花は寛一のいなくなったホームで、どうか神様、来年、二人でお礼参りに来られるようにしてください、ともう一度、天を仰ぎ、強く祈っていた。

あの神社も、翌朝、あの大きな揺れの中、無傷ではいられなかった。

あの日の大きな地震は、町を粉々にした。

思い出すと今でも、花は呼吸が荒くなる。

あの日から始まる混乱を花はどう乗り越えたのだったか。半壊した家から逃げだし、余震におびえながら、避難所へ辿《たど》りついた。水も食べ物も不足するなか、家具の下敷きになって胸を強打し、その怪我《けが》と心労で体調を崩した父を守り、放心する母を励ました。

連絡の途絶えた姉の安否を心配し、消息を訊いて回った。

姉の住まいのあったあたりが火の海だと聞いた時の衝撃。どうかどうか無事でいて、と祈り続けた。

ばらばらの断片になった記憶が、今も花の心の奥に沈んでいる。

姉夫婦の捜索、遺体確認。焼けただれた姉の遺体は父や母には見せられないものだった。まるで戦場だと花は思った。いつの間に、ここは戦場になってしまったのだろう。生き返ってと泣いてすがっても、姉はもう目を開けてはくれなかった。

粉々になったのは町だけではなく、花の心も、父や母の心も、まったく同じように砕けた。

砕けても休めなかった。

やらなければならないことが山ほどあった。

ひたすらそれをこなした。

こなすだけで精一杯だった。

葬儀の後に、花を襲った、大きな、大きな喪失感。

何をしていても虚しい気持ちに囚われ、生きていることが幻《まぼろし》なんじゃないかと思えて仕方がなかった。

寛一が来てくれたことは憶えている。一度ならず、二度、三度と、寛一は足を運んでくれた。足りないものをたくさん、持ってきてくれた。ありがとう、と受け取るだけで精一杯だった。それ以上、言葉がなにも出てこなかった。

両親にも会わせなかった。

これ以上父や母に負担をかけるわけにはいかなかった。

あの時花たちはまだ避難所にいた。

寛一は東京へ行こうと花に言った。みんなで東京へ。

東京での暮らしはなんとかする。ぼくを信じて。

試験勉強中で無職の寛一になにが出来るのか。家族三人、寛一がなんとかしてくれるのか。まだ婚約もしていない花たちを、寛一の両親は助けてくれるのか。現実はそんなに甘くないんじゃないか。といって、寛一をまるきり信じられなかったわけではない、と花は思う。ほんとうは、どうしたらいいのか、わからなかっただけなんだと思う。ずっと後になって花はそう思うようになった。ほんとうは助けてほしかったのに、助けられるのがこわかった。動くのがこわかった。変わるのがこわかった。寛一という人を両親に会わせ、認めてもらい、この人を頼って東京へ行こうと、両親を説得する自信がなかった。そんな難しいことを花が出来ると思えなかった。姉でさえ出来なかったことを、花が出来るわけがない。さまざまなことを先回りして考えるのがとにかく面倒だった。現実の厳しさは花の能力を遥かに超えていた。もうなにも変わってほしくない、と心の奥底で願っていたのだと思う。だから排除したのだ、寛一を。異物のように。

遠い町からやってくる寛一は、同じ苦しみを味わっていない異物なのだと花は感じていた。

どうしてそんなふうに思ったのだろう。

笑うことも泣くことも出来なくて、だからむろん甘えることも出来なかった。助けて、と声を出すことも出来なかった。知っている人なのに、知らない人のような気がしてならなかった。昔、知っていた人だけど、今は知らない、と、花は心のどこかで寛一を拒絶していた。

それに、寛一には司法試験があった。

花のことにかかずらって、試験に落ちたら、花はどうしたらいいのか。寛一がそれを責めるような人ではないことくらいわかっている。けれども、だからこそ、邪魔したくなかった。

いや、そうではない。

花は恐かったのだ。なにもかも、恐かったのだ。

寛一の邪魔になることが。足手まといになることが。嫌われることが。やんわりと遠ざけられる日がくることが。ただでさえ、なんの取り柄もない花が、こんなにも重いものを背負って、それでもまだ寛一は花の手を握りつづけてくれるだろうか。花には確信が持てなかった。傷つきたくなかった。あの時、花は、もう、すでに、ぼろぼろに傷ついていたのだから。

傷つきたくないから傷つけた。もう東京に帰って、と叫んだ。

なにもできないくせにかっこつけないでよ。東京へ来い、って言われたって、簡単に行けるわけないじゃない！　助けるつもりならずっとここにいてよ。助けるってそういうことでしょう！　それができないくせに、いい気にならないで！

もっともっとひどい言葉を投げつけた気がする。寛一が何か言い返し、花がまた何か言い返した。泣きながら、傷つけあった。

ようするに、花には助けられるだけの度量がなかったのだ、とのちのち思うようになった。

五十パーセントだけ助けるよ、と寛一が言ってくれていたらあるいは。

五十パーセントだけ助けて、と花が言えたらあるいは。その後の二人の道のりは大きくちがっていたかもしれない。そういう知恵と、生き抜くうえでの狡《ずる》さが少しでも花たちにあったら。

花と寛一はそうではなかった。

お互い生真面目で、たいした力もないくせに、己の力量を大きく見積もり、相手の力量を小さく見積もっていた。

甘やかな恋の魔法がとけて、困惑してもいた。

甘やかなものなど一つも残っていない、あの過酷な現実の中で。

あの現実の中で、過酷だからこそ、いっそう愛を深めた人たちもたくさんいただろう。

そうなりたかった、と花は思う。

なにが足りなかったんだろうと花は考える。

震災のせいで別れたわけではない。震災によって顕わになった、弱さと未熟さが、花から寛一を遠ざけた。

あの過酷な現実は花たちを試し、花たちはその試練を乗り越えられなかった。恋は終わったのだった。

あの時の花は、喪失に慣れきってしまっていたので、まったく悲しくなかった。ああ、また、ひとつ失ったんだ、とぼんやり思っただけだった。

姉夫婦の痛ましい死の方がよほど大きな悲しみだった。むごたらしい遺体は今も目に焼き付いている。いったい姉は、貴さんは、貴さんのご両親は、なぜあんな目に遭わなくちゃならなかったのだろう。姉たちがいったいなにをしたというのだろう。神の怒りを買ったとでもいうのだろうか。そんな大それたことを姉たちがしたとでもいうのだろうか。仮にしたとして、姉たちをあんな目に遭わせるそれを神などと呼ぶべきなのか。

神を恨まなくなるまで、どれほど長い年月がかかっただろう。

やるべきことはまだまだたくさんあった。

次から次へと、やるべきことが湧いて出てくるかのようだった。

姉たちの供養、壊れた家の修繕、父の治療、保険金や補助金の請求。父は一度は仕事に復帰したものの、じき定年となり退職。花も、震災前まで勤めていた不動産会社が倒産してしまったので、職探しをせねばならなかった。母はＰＴＳＤによる不眠で、家事もままならなかったから、それも花が担った。頼れる姉はもういない。姉のいなくなった道を花は歩かねばならない。

寛一が司法試験に合格し、司法修習生になったというところまでは知っているが、そのあたりで、寛一もますます忙しくなったのだろう、うっすら続いていた連絡は完全に途絶えた。

寛一に謝りたいと何度も思いはしたが、何をどんなふうに謝ったらいいのか、花にはもうまったくわからなかった。許してもらえるとも思えなかった。それがはっきりするのが、恐かったんだと思う。花はつくづく臆病だった。愛されていた記憶だけでも守りたくて、花からは連絡しなかった。すべてを曖昧《あいまい》なまま、遠くへ押しやった。

押しやられた寛一は遠い遠いところへ行ってしまった。

もう手を伸ばしても届かない。

昔、寛一という人がいて、将来を誓い合い、幸せな未来を夢見ていたのが現実だったとも思えなくなっていった。

その後も安穏とした日々は訪れなかった。父が病に倒れ、母も倒れた。

家を売り、小さな中古マンションを買った。

収入と支出、貯金と費消。経済的な舵取り《かじとり》は花の肩にかかっている。

無我夢中の七年八年が過ぎた頃、突如、寛一に会いたくてたまらなくなった。

会って話したい。会って抱きしめられたい。もう一度。もう一度だけでいいから。

その衝動を抑えるのにじつに苦労した。不意打ちのように、そういう気持ちが、震えてくるくらい強く湧き起こるのだ。

姉にはもう会えない、でも寛一には会える。

堪《こら》えて堪えて、花はついに連絡を取らなかった。

もう遅い、と花は自分で自分に言い聞かせた。

そのうちに、そういう衝動も起こらなくなった。

かといって、寛一の代わりになる人も現れなかった。きっと無意識に寛一と比べてしまうのだろう。いや、無意識に寛一を求めていたのだろう。

ともかく、考えまい、と決意した。寛一のことはもう、思い出してはならない。

「倫子《みちこ》さん、急で申し訳ないんですけど、木金土とお休みさせてもらってもいいですか」

「ええけど……なにか、あったん？　なんでも言《ゆ》うて。力になるよ」

花の雇い主、曾根《そね》倫子は亡き姉の幼なじみだ。フルタイムで働くことが困難になった花の苦境を知り、倫子の店〈スナックこころ〉でアルバイトさせてくれるようになったのは五年も前のこと。今ではすっかり職場になじんでいる。

「いや、そういうんじゃないんですけど……。短大時代の友達に誘われてちょっと」

「短大？　短大って、花ちゃん、東京やったっけ。同窓会？」

「まあ、そんなようなものです。東北に住んでいる友達のところへ、みんなで。ちょうど母も今、施設に入所中なんで、思い切って行ってこようかと」

「あー、そらええわ。花ちゃん、よう頑張ってるもん、たまには息抜きせんと。こっちのことは心配せんでええよ。エリちゃんに早めの時間から入ってもらうようにするし。だめならジュンちゃんにも頼むわ」

〈スナックこころ〉は、倫子の人柄もあって、アルバイト同士の仲もいいし、ほとんど常連客で客筋もいい。

「すみません、わがまま言うて」

「なに言うてんの。小さい店やし、お互い様やんか。まあな、花ちゃん目当てのお客さんがぶうぶう言うやろけどな。とくにあ・の・ひ・と」

花は無視して、テーブルを拭《ふ》く。

「がっかりするやろなあ、花ちゃんが休みやと。恋人と旅行に行ったとかって、いじわる言うたろかな」

倫子が笑いを含んだ声で言う。「怒りだすかな、藤波《ふじなみ》さん」

「怒りませんよ。年が違いすぎます」

「年なんて関係あらへんやん」

「藤波さんは、あたしのことなんて、なんとも思《おも》てませんて」

「いいや、そんなことはない。ばればれや」

「うそ、うそ。それは誤解です」

「誤解ちゃう。藤波さんは花ちゃんのことが好き。あれは本気やで」

「もう、倫子さんてば。やめてください」

誰にも言っていないが、花は藤波敬介《けいすけ》から、半年ほど前、真面目な顔で告白された。即座に断ったのだが、それでも彼は、店に来るのをやめない。それをどう解釈したらいいのか、藤波が店に現れるたび、花はまじまじと彼を見てしまう。残業帰りに、酒を飲むというより、夜食を食べにくる藤波は可愛い弟のよう。こんな可愛い弟に、花の背負っているものを押しつけるわけにはいかない。

「花ちゃん」

「なんですか」

「花ちゃんもな、幸せになり」

「幸せですよ」

「ほんま？」

花が頷くと、倫子が、そうか？　と訝《いぶか》しげにつぶやいた。

「ほんまに幸せですよ」

花が強く言う。「だって、倫子さん、つつがなく生きていられるだけで幸せやないですか。ちがいますか」

倫子が小さくため息をついた。

「まあな。どうにかこうにか、暮らしていけたら、それが一番や。わたしら、つい、そう思ってしまうもんな。それが癖になってしまったんやろな。けどな、花ちゃん。ほんまはそんなことないんちゃうやろか。花ちゃんはもっともっと幸せになってええんちゃうやろか。なあ、花ちゃん、自分のことを後回しにするのはそろそろやめていいのとちゃう？　美絵ちゃんの代わりはもう十分果たしてる」

グラスを磨《みが》きながら倫子が花を見る。「十六年やで。ようやったわ、花ちゃん」

花は笑いながら、布巾《ふきん》をすすぎ、絞った。

確かに花は、今でも姉の後をずっと歩いているのではないかと思うことがある。姉の後ろを歩くのが嫌で東京へ出ていったくせに。姉はもういないのに。いや、いないからこそ。

「まあ、せやから、花ちゃん、ゆっくりしてきたらええよ、こっちのことは気にせんと。施設の方でなんかあったら、代わりに行くし」

「ありがとうございます。助かります。倫子さん、お土産《みやげ》買ってきますね」

花が言うと、倫子が、いやあ嬉しいなあ、と声を上げた。

「あ、お土産が嬉しいんちゃうで」

倫子がすぐに付け加える。「なにが嬉しいって、花ちゃんがそうやって、自分の楽しみのために、外へ出掛けていこうとする、そういう気になってくれたことが嬉しいんやって。だって花ちゃん、ついぞそんなことなかったもんな。なんかちょっと安心したわ。花ちゃん、東京におった頃、楽しかったんやね。そうやなかったら、行くわけないもん。恋人とかもおったんやろ」

ふふふ、と花は笑ってごまかす。

「楽しんできてな」

頷くと、倫子も微笑《ほほえ》んだ。

楽しかった。

あの頃、ほんとうに楽しかった。

ようやく今、そう思えるようになったのかもしれないと花は思う。そんな頃があってほんとうによかった。

「あ、そうだ、花ちゃん！　藤波さんにもなにか一つ、お土産買《こ》うてきたって。花ちゃんから渡してもらえたら、藤波さん、大喜びや」

「またそんな」

長かったんだと花は思う。無我夢中で走り続けたからあっという間だったようにも思うが、やはり確かに、長い年月だったのだ。疲れ果てるほどに。力尽きるほどに。でも花は、まだ、走り続けている。これを幸いと呼ばずしてなんと呼ぼう。まだまだ花は走り続けねばならない。

「お土産に、なにかおいしいもの、買ってきますねー。あっちの方っておいしいもの、いろいろありそうですもんね」

「そらええわ。もうこの年になると、なにより食い気やもん。色気より食い気」

倫子が笑った。

盛大な笑い皺《じわ》が目尻にできる。

花も、負けないくらい盛大に笑い皺を作りながら、楽しみにしてくださいね、と倫子に笑いかけた。

結晶

ノンからの思いがけない電話に、穂乃香《ほのか》はじめ、ひどく緊張した。

短大を卒業して以来、ノンとはほとんど連絡を取り合っていない。なので、名乗られても、それがあの（いくぶんお節介で、陽気で騒々しい）ノンからの電話だと理解するまでにずいぶん時間がかかってしまった。

連絡先は明子《あきこ》から聞いたということだった。

といって穂乃香は、明子とだってほとんど連絡を取り合っていない。こちらへ引っ越してきてすぐの頃、実家宛てに届いた年賀状が転送されてきて、その後何年か、年賀状を送り合っていただけ。今ではそれも途絶えている。

「そう、明子から聞いたの。明子は？　どうしてるの？　元気？」

「元気なんじゃない？　あ、あたし直接電話してないのよ、領子《りょうこ》に電話してもらったの」

「リョウコ……ああ、領子ね。都立高からきた」

「そう。ちなみにあたしも同じ高校出身だけどね」

「へえ、そうだったの」

「やだ、忘れちゃった？」

「っていうか、わたし、知らなかった。ノンも同じ学校だったんだ」

「ま、われわれの出身校のことなんて、エスカレーター組にとっちゃ、関係ないもんね。ともかく、そんなわけで、あたし、領子とだけはいまだに繫《つな》がってるの。でも明子とは繫がってなくて。それで領子に頼んだの」

「なにを？　あ、わたしの連絡先？　わざわざ？」

「うん、まあ、そう」

そこまでして連絡してくるとは、いったいどういうことなのだろう。もしかして、森川《もりかわ》くんの話だろうか、と咄嗟《とっさ》に思い、そんなまさか、あれから何年になるっていうのよ、とざわざわと波立った心を必死で鎮め、受話器を握り直す。

ノンは同窓会の通知を見て、穂乃香のことを思いだしたのだ、と言った。嘘だろう、と穂乃香は思う。

「どう？　穂乃香。元気にしてる？」

「おかげさまでどうにかやってるって感じかな。ノンは？　元気そうね。声だけ聞いてるとちっとも変わらない」

「いやいや、すっかりおばさんですよ、ってそれはあたりまえか。あれから二十年ですからね、おばさんにならない方がおかしい。穂乃香は？　いま、なにしてるの？」

「なにって、普通に暮らしてるよ」

「そこ広島なんだよね？　どうして東京離れちゃったの？　なんで？」

「なんでって、栃田《とちた》の実家がこっちなのよ」

「あ、そういえば栃田くん、広島出身だっけ。カープファンってよく言ってたね。おぼえてる、おぼえてる。そっか、ようするにUターンしちゃったんだ」

「ん。長男だしね」

「それにしても、穂乃香、栃田くんと結婚したんだねー。なんか嘘みたい。付き合ってることはちらっと聞いてたけど、まさか結婚するとはねー。不っ思議ー。わからないものだよね。子供は？　いるの？　いくつ？　ってか、何人？　うちは女二人。まだ小学生。小三と小一。四月から小四と小二」

「うち、子供いないの。……出来なくて」

「え、あ、そうなの。う、ごめん。へんなこと訊《き》いちゃった」

「ううん、いいの」

ノンに訊《たず》ねられるまま、穂乃香は近況を話した。栃田の仕事は、彼の父親がやっている、つまり家業である中古車販売であること。穂乃香も週に何度か、そこで働いていること。同居はしていないが、すぐ近くに夫の両親が住んでいて、それどころか義姉の一家も義弟の一家もすぐそばに居を構えているのでなにかというとすぐ一族で集まり賑《にぎ》やかな宴会となるため、長男の嫁としてなかなか大変であること。東京の実家は母親が十年前に亡くなり、父親も一昨年亡くなり、今は生家だったマンションに独身の妹が一人で暮らしていること。実家にはほとんど帰っていないこと。

話しながら、それが自分の近況であることに、少しおかしな気持ちがする。自分はいつの間に、こういう暮らしになっていたのだろう。これが自分の近況であることへのかすかな違和感がみぞおちのあたりで疼《うず》いている。

ノンと話しているせいで、気持ちが学生時代に舞い戻ってしまうのだろうか。

しかし、その違和感にノンはまるで気づいていないようなのだった。

「なんだか穂乃香、すっかり栃田家の嫁として根づいてる、って感じだよね。広島の人になっちゃったんだね」

ノンの声はいつも明るい。があがあと鳴き、ばたばたと動くアヒルをつい連想してしまう。

「そう？　そんなことないよ。自分では、まだなんとなく、よそ者感が拭《ぬぐ》えない感じがしてる。いつまでたっても地元の人間じゃないっていうか……。なじんでないわけじゃないとは思うんだけど、完全にここの人間になりきれてないっていうか」

「ああ、その気持ち、なんとなくわかるなー」

「わかる？　ノンが？」

「うん。あたしもそういうとこ、あるから。そっか、穂乃香もそうなんだ。あたしもさー、もうすっかり慣れて、こっちの人間になったつもりではいるんだけど、そうはいっても、ひょいっと、そういう気持ちになるっていうか。あれ、あたし、どうしてここにいるんだっけ？　っていまだに、時々海見ながら思うことあるのよ。あー、うちさー、自宅からは見えないんだけど、ちょっと車を走らすとすぐ海なんだよねー。海だよ、海ー。そういうところで育ってないから、あれ？　なんで海？　って今でもたまにびっくりしてる」

そう言って東北に暮らすノンは笑った。まったく同じ、と応じて穂乃香も笑った。

「わたしはね、お店から出て、路面電車が通っていくのを見るたびに、あっそうだ、ここ、広島だったんだ、東京じゃないんだ、って思っちゃうんだよねー。はっとするの。小さくだけど。なんでかしら。わかってるくせにいつも思うんだよね。なんでかなあ」

「頭でわかってるのに、身体《からだ》のどこか……心かな？　心のどこかが、まだ、修正しきれてないんだろうね、きっと。しかしー。あたし、こんなこと思ってるの、あたしだけかと思ってたよー。穂乃香もそうだったなんて驚き。あたしってさ、ほら、ちょっとしつこいところあるでしょう、それに不器用だし。それでかと思ってた」

「しつこいって」

穂乃香が笑うと、ノンも笑った。

「わたしはさ、順応性が低いからかなーって思ってた。切り換えが下手っていうか」

「穂乃香はそんなことないでしょー」

「いやいや、学校もエスカレーターでずっと同じところに通ってたし。だから最初はたいへんだったのよ。こっちの生活に慣れるまでけっこう時間かかった。友達もいないし。土地勘もないし」

こんなふうに気安く自分の気持ちを言葉にするのは久しぶりのような気がした。ノンのおしゃべりにつられるのかもしれない。そういえば、エスカレーター組で固まっていた短大時代、領子たちのような外から入ってきた子たちと仲良くなったのは、このノンがいたからだったと思い出した。

「結婚ってさ、いろんなことを変えるよね。こんなに変えるものなんだ、って穂乃香、思ってた？　あたしは結婚する前、そんなこと思ってもみなかった。っていうか、考えもしなかった」

「わたしも考えてなかったなー」

「あたしさー、こっち来てから、車の免許、取ったのよ」

「あら、わたしもそうよ」

「あ、やっぱり？　車がないと不便で。っていうか必需品で。食べ物もさ、ちがわない？　あたしの実家、こんなにたくさん魚、食べてなかったからね。味付けも違うし。食生活は、あきらかに変わった」

「それをいうなら、わたしの場合はお好み焼きかな」

「お好み焼き？」

「なんせしょっちゅう食べるからね。こんなにお好み焼きを食べる人生になるとは思わなかった。こっちに嫁いでくるまで、家でお好み焼きなんて作ったことなかったもの」

「家で作るの？」

「もちろん。道具一式揃《そろ》ってるよ。おかげですごく上手《うま》く作れるようになっちゃった。食べにくる？　ごちそうするよ、デラックスバージョン」

「デラックスバージョンってなによ？　牡蠣《かき》とか入れんの？　広島なら牡蠣だよね。って、だからこっちも海の幸はちょっともう、すごいんだって。食べにきてみ。って、あ、そうだ、明々後日《しあさって》か、その次くらいに領子がこっちに来るよ。たぶん」

「へえ、どうして？」

「うーん、まあ、理由はいろいろ。ようするに、遊びよ、遊び。憂《う》さ晴らし。このさい、穂乃香も来ちゃえば？」

憂さ晴らしに行くには遠いよー、と言いつつ、羨《うらや》ましい気持ちになった。そんなふうに、学生時代の仲間と遊べるノンや領子が羨ましくてたまらない。

「来ればいいじゃない。びゅーんと」

「でもねえ」

「なによ、栃田くん、うるさいの？」

「うるさくないよ。行きたいって言えば、どうぞって感じだと思うよ」

でも、だからこそ行けないと、ノンに説明するにはどうしたらいいだろう。

「だったらいらっしゃいよ、って、言いたいところだけど、大人には大人の事情があるものね。無理にとは言わない。でも、いつかいらっしゃいよ。いつでも大歓迎。あたしも広島行きたいんだけどね。なんせ、うちはほら、子供がまだ二人とも小学生だから、なかなか動けなくてさ。あたしがいなくちゃ、うちのチビ共なんにも出来ないんだもの。子育てって難しいね、甘やかしすぎてもだめだし厳しすぎてもだ……あ、ごめん、穂乃香。あたしこういうとこ、気が回らなくて」

「ううんいいのよ、気にしないで」

こういうことには慣れている。

義父母や義姉、義弟たちにさんざん気を遣われ、今ではこの話題はいっさい出なくなってしまった。それはそれで傷つくのだ、というようなことをぽつりぽつりと話し、だから、気にしないで話題にしてくれた方がうれしい、とノンに訴えた。

「やけになってるわけじゃ、ないの。もうね、わたし、子供が出来ないことに関してはじゅうぶん納得してるから」

「納得?」

「だって、子供って授かりものでしょう。出来なきゃ出来ないで仕方ないもの。一応ね、不妊治療とかも、したのよ。検査も一通り受けた。二人で。でも原因はわからなかった。わからないから、希望もあるんだけど、わからないから、どこまで頑張ればいいのかわからなくもあって、悩んじゃって。それでもうほんとに自然にまかせることにしたの」

「穂乃香……ほんとにごめん、あたしなんて言っていいか……」

「だから気にしないでって言ってるでしょう。もう平気だから、子供の話、じゃんじゃんしてよ。そういうこだわりって、ほんとにもうないのよ。全然ないの。大丈夫だから。それに、わたし、もともとこうなるんじゃないか、って予感、してたし」

「え？　なに？　予感？」

「なんとなく、予感があったの。子供、出来ないんじゃないか、って。そう。だからこそ、こうして納得できたのかもしれない」

もやもやとした黒い霧の中でもがいている気持ちになる。なぜ、わたしはそんな予感がしていたのだろう？

罪と罰。

いや、ちがう。そんなことじゃない。そんなことであってはならない。

ふいに、涙が込み上げてきた。でも泣くわけにはいかない。必死で、堪《こら》えた。くちびるを強く結び、深呼吸する。

「どうしたの、穂乃香。だいじょうぶ？」

深呼吸をもう一度。

動揺がおさまるまで、二度でも、三度でも。

「ああ穂乃香、ごめん。あたし、なんかよけいなこと言っちゃって。辛いこと思いださせちゃったね、しゃべらせちゃったね、ごめん。あたし、そんなつもりで電話したわけじゃないのよ。ほんとに、こんな話するために電話したんじゃなかったの。あたしはただ……。ごめん、もう正直に言う。あたし、こないだから森川くんの夢をよく見るの。それでなんだかものすごく気になって仕方なくなって。森川くんのことが頭を離れなくなっちゃったのよ。それで、穂乃香に、森川くんのこと訊《たず》ねたくて電話したの。別れた元彼の話なんかしたくないかもしれないけど、それに森川くんはもうとうに亡くなったんだし、でも、でもね」

もうだめだった。

涙が溢《あふ》れて、止まらなくなった。

あの頃、穂乃香は、二つ年上の、他大学の学生だった森川雄士《ゆうし》と付き合っていた。

穂乃香の方が熱烈に好きになり、彼の友人のカンペーくんに仲を取り持ってもらったのだ。

その頃よく遊んでいたグループで、唯一の公認カップルだった。

卒業してからも付き合いは続いた。

もしも彼が普通に就職して、普通の暮らしをしてくれていたら、穂乃香は彼と結婚し、今ごろ東京で暮らしていたんじゃないかと思う。いや、そんなことはないのだろうか。そんな人だったら、穂乃香はあの頃、あんなにも好きにはならなかったのだろうか。

子供みたいな人だった。

付き合えば付き合うほど、子供みたいなところばかりが目について、時折、穂乃香は母親のような気分になったものだ。彼の世話を焼き、彼のわがままに付き合った。

両親に甘やかされて育ったのだろうというのはなんとなく察しがついたが、それに輪をかけて、穂乃香も甘やかしてしまったのだと思う。甘やかせば甘やかすほど、穂乃香のことを好きになってくれたから。それに根っこのところが素直で真っ当な人だったから、多少甘やかしたからといって、大きく道をはずしたりはしないんじゃないかと楽観していた。

出会った頃からダンスのうまさは、定評があった。

高校時代からダンススタジオに出入りして、腕を磨《みが》いていたらしい。ダンサーの知り合いも多かったようだが、特定の誰かとつるむ感じではなかった。自分のやりたい踊りとはちがう、というのが口癖だった。ああいうダンスを目指しているわけではないし、へんに影響されたくない。彼になんらかのプライドがあるのは穂乃香にもわかった。

けれどもまさか、プロのダンサーを目指すほどのプライドだったなんて、誰が思ったろう。

当然のことながら、だから就職はしない、と彼は言い放った。

就職しないでどうするの、と訊くとフリーターになる、と言った。フリーターという言葉がまだ目新しくて、そこに新しい生き方があるかのように思わされていた時代だった。

彼はもがいていたんだと思う。

自分にふさわしい生き方を探してもがいていた。

いずれアメリカへダンス修業に行くかもしれない、とも言っていた。アーティストとして成功するためには、一度外に出るべきではないかと思うんだ。

彼は自分のことをアーティストだと思っていて、いつか、名のあるダンサーになると夢見ていた。穂乃香はそれを信じ切れず、さりとて否定することもできず、どっちつかずな態度で彼と接しつづけた。

好きなことだけをして、のびのびと生きている彼を、周囲のみんなは褒めそやした。

おまえの自由さに憧《あこが》れる。かっこいい。がんばれよ、おまえはきっと一流のダンサーになる。そんな言葉が無責任に飛び交っていた。

たしかにそんなふうに見えなくもなかった。穂乃香にしたって、そう思っていたところはあったろう。だからこそ、三年近く付き合えたのだと思う。

いったいいくら彼に貢いだろう。

ホストや詐欺師《さぎし》にだまされているのとはちがうんだからと自分に言い聞かせ、彼のために金を遣った。ふたりでいる時に遣う金はほぼ穂乃香が出したし、親元から離れて暮らしだした風呂無しのボロアパートの家賃もほとんど穂乃香が出していた。

ちょっと貸してくれない？　と言われれば、ためらわずいくらでも貸し、足りなくなれば、カードローンで借金もした。フリーターといえば聞こえはいいが、彼の実態はほとんど無職のプータローだった。

この人、このままでいいんだろうか、と頭の片隅で思うものの、どうしたらいいのかわからなかった。会えばそれなりに楽しいし、夢を語る男というのは、妙に愉快で爽快感がある。

会社員として、地味な毎日を過ごす穂乃香には、ちょうどよい息抜きになる存在でもあった。だめな人なのかもしれないけれど、わたしにはこの人が必要なんだもの、かまいやしない。この人も一生このままってわけではないんだし、あと何年かして、現実の壁にぶち当たれば、否応なく変わらざるをえないだろう。その日まで、このままのこの人を受け入れていよう。

いつかきっと。

いつかきっと。

保たれていた均衡が破れたのは、おそらく、美晴《みはる》の渡米だったと思う。

短大を出た後、専門学校に通って英語を磨いていた美晴が、かねてからの夢を叶え、演劇を学びにニューヨークへ渡ったのだった。

みんな驚いた。

美晴がそこまで本気だったとは知らなかったし、親の援助をいっさい受けず、反対を押し切って飛びだしたというのにも吃驚《びっくり》だった。英語の勉強をしつつ、バイトで貯金を続けていたのだという。相当無茶なバイトもこなしていたらしい。

あの子、そこまで本気だったんだ。

すごいよねえ。

どうせすぐ帰ってくるんじゃないの、向こうでどこまで頑張れるものやら、という気持ちがいくぶんまじっているとはいえ、率直に評価していたのは事実だ。

森川雄士の態度に変化が生じたのはそれからすぐだった。

あからさまな変化ではないから、気づいた人間はほとんどいなかったろう。

彼は美晴の渡米に著しく動揺し、苛立《いらだ》っていた。穂乃香にはそう感じられた。

どうしてだろう、と考え、気づいたのは、この人も、以前、アメリカへ行きたがっていたということだった。いつのまにかうやむやになってしまっていたが、たしかに彼はそれを公言していた。

怒りっぽくもなった。

穂乃香に難癖つけて、嫌味を言うようになった。穂乃香だって黙って堪《た》え忍ぶばかりではいられないから、日頃の鬱憤《うっぷん》を晴らすように言い返す。

あんたなんか美晴の足元にも及ばない。アメリカでのダンス修業なんて、一生かかったって行けやしない。わたしのお金をあてにしたって無駄だからね。

一番痛いところを突く。

そうすると決まってこう言われた。つまんない女。

つまんない女で悪かったわね、そう言いつつ、穂乃香は傷ついていた。たしかに自分はつまんない女なのだろう。地味に商社で事務員として働くだけの、無趣味な、夢や希望もとくにない、からっぽの女。からっぽの中身を埋めるために、森川雄士を利用して、自分にも夢があるかのような気持ちになっていた。ようするに、自分は、森川雄士を利用していただけなのかもしれないと穂乃香は思った。彼の夢に寄生し、彼の夢をむしゃむしゃと食べていた気がする。だとしたら、この人をここまでだめにしたのはわたしなのかもしれない。ろくでもないのはわたし自身なのかもしれない。

栃田弘光《ひろみつ》と親しくなったのはその頃だった。

もともと仲は良かったが、いつしか頻繁に二人で会うようになっていた。穂乃香は、栃田弘光に、森川雄士とのことを相談していたのだった。森川雄士のことをよく知っていて、けれども、グループの中で、少しだけみんなと距離のあった栃田は、相談相手としてちょうどよかった。泥沼のようになりつつある二人の関係を打破するにはどうしたらいいのか穂乃香にはもうよくわからなかったし、異性の意見を聞きたかった。栃田は親切だった。穂乃香の言葉に耳を傾け、彼なりの、穂乃香への励ましとも取れる意見を述べてくれた。一人で思い悩んでいるうちにすっかり自虐的になっていた穂乃香は栃田と会うことで、ようやく正気を取り戻せたのだった。そうして、少しずつ、栃田の存在が大きくなり、比例するように森川雄士という存在が、穂乃香の中で薄れていった。

穂乃香はその時点ですでに栃田弘光を好きになっていたのだと思う。

平凡だけれど優しい男だった。いずれ広島に戻るつもりだと言い、就職先も、将来を見越して家業と同業の大手を選び、幅広い知識を吸収していた。つまんなくてなにがわるいんだよ、というのが、その頃二人の合言葉だった。そうよ、つまんなくてけっこうよ。そう言ってげらげら笑ったものだ。

栃田との関係が深まったのは、その少し後。

きっかけは、またしても美晴。

穂乃香は気づいてしまったのだ。

森川雄士と美晴は、今も連絡を取り合っているのではないか、と。

酔っぱらった勢いで、ふと、彼が美晴の近況をつぶやいたのがきっかけだった。

あいつもダンス習いだしたらしいしなあ。

どうして知ってるの？　と訊くと、数秒沈黙した後、噂で聞いたと言った。噂って？　誰がそんな噂してたの？　いつ？　どこで聞いたの？　問いつめることはできなくて、穂乃香は、ふうん、とだけ応えた。

美晴に近いと思われる女友達何人かに、ねえ美晴って向こうでダンス習ってるの？　とわざわざ連絡して訊ねてみたりもしたが、誰も知らなかった。誰も。あの時、たしか、ノンにも訊いたはずだ。ノンも知らなかった。

じゃあなんで彼が知っているの？

いちど疑いだすともうだめだった。もしかして、連絡を取り合っているのか、とずばり確かめてみたいけれど、確かめるのが恐くて、そのくせ、美晴の話題をつい出してしまう。すると、思っていた以上に、彼と美晴の関係が近いとわかってきたのだった。彼は美晴のことをじつによく知っていた。穂乃香よりもずっと。

この人は、美晴のことが好きなんじゃないか。

好きだったんじゃないか。

それは思いがけない発見だった。

ダンスで身を立てるなどと荒唐無稽なことを言いだしたのも、ひょっとしたら美晴への対抗心から、もしくは、美晴の注意を引きたかったからではないだろうか。

そもそも、ダンス、ダンスとこだわったのは、演劇に関わる仕事がしたいと熱く夢を語っていた美晴に少しでも近づきたかったからではないか。趣味で気がすんでいたはずのダンスが、彼の夢に変わったのは美晴という存在があったからではないか。

穂乃香が彼を好きにならなければ、彼は美晴に告白していたんじゃないだろうか。いや、すでに告白はしていたかもしれない。振られたのか振られてないのか、二人の関係がどのように決着しているのか、それはわからなかったけれども。

森川雄士は美晴のことが好きだ。

それはもう穂乃香の妄想などではなく、確信だった。

穂乃香の気持ちが、いっそう栃田へ傾斜し、彼との仲が進んでいったのは、自然の成り行きだったともいえるし、穂乃香の弱さだったともいえる。とにかく誰かにそばにいてほしかった。見捨てられた気持ちでいたから寂しくてたまらなかった。

だったら森川雄士とちゃんと別れて、きちんと栃田と付き合えばよかったのだ。

どうしてそうしなかったのかといえば、穂乃香はまだ森川雄士のことが好きだったからである。好きだからこそ嫌いで、好きだからこそ栃田と深い関係になった。

むろん、栃田のことも大好きだった。

栃田がなにも言わないのをいいことに、穂乃香はすべてを曖昧《あいまい》にしたまま二人と付き合いつづけた。いや、付き合いつづけた、という言い方が正しいのかどうかからない。森川雄士と穂乃香の関係は、実質、崩壊していたのだから。

あの頃の自分を思い出すと、穂乃香は自分で自分にうんざりする。

あんなこと、するべきじゃなかった。

だから罰があたったのだ。

森川雄士が亡くなった日、穂乃香は栃田と待ち合わせをしていた。

けれどもいつまで経っても栃田は現れず、結局会えずじまいになった。

駅ビルの、待ち合わせた入り口とは反対側の入り口に栃田が行ってしまったからだった。その可能性に気づいてあちこち探したものの、見つけられなかったのである。

あの頃はまだ携帯電話を持ってなくて、そういう勘違いで簡単にすれ違いになったものだった。そうして、そうなったら最後、なかなか会えない。

夜遅くになって栃田から自宅に電話がかかってきて、ようやく事情が呑《の》み込めた。

穂乃香、どこにいたんだよ、あちこち探したんだぞ。珍しく栃田の声が冷たかった。

わずかながら責められている気配もあった。待ち合わせ場所を確認しあわなかったのはお互い様なのに、となんだか釈然としない気持ちで電話を切り、翌日、森川雄士が亡くなったことを知った。

あんなに驚いたことはない。

穂乃香の人生において、あれほどの衝撃は後にも先にもあの時一度きりだ。両親が亡くなった時でさえ、もちろん悲しみの大きさは計り知れなかったものの、あれほどの衝撃ではなかった。

何日も、何ヶ月も、呆然《ぼうぜん》となっていた。

森川雄士がこの世界からいなくなってしまったということを受け止めることが出来なくて、心が凍り付いてしまったのだった。

穂乃香と森川くんってまだ付き合ってたの？　もう別れてたの？　訊かれても、どう答えたらいいのかわからなかった。

事故か自殺か、当初はっきりしなかったから、遺書を受け取っていないかと警察の人にも訊かれた。受け取っていないというと、付き合っていたのか、あなたは彼の恋人だったのか、と訊かれた。よくわからないと正直に答えた。はっきりと別れたわけではないが、うまくいっている状態でもなかった……。

半年くらい経った頃だったろうか。

ふいに栃田が、森川雄士の死に関わっているのではないかという考えが芽生えた。あの日、彼は、穂乃香と会えなくて、穂乃香を探したんじゃないか。見つからなくて、ついに、森川雄士のところへ行ったんじゃないか。彼があの建築現場にこっそり入り込んでダンスの稽古をしていることは穂乃香も知っていたし、栃田も知っていた。

あそこでなにかあったんじゃないか。

恐ろしい考えだとはわかっていたが、可能性を否定しきれない自分がいた。建築現場で言い争う森川雄士と栃田弘光の姿が頭にちらついて離れなくなった。栃田弘光に、結婚しようと言われた時、ちゃんと確かめるべきだったのかもしれない。

穂乃香はそれをしなかった。

もし万が一、森川雄士の死に、栃田弘光が関わっていたとしても、その事実を穂乃香はすべて引き受けようと思ったのだった。

のちのち穂乃香は思うようになった。

自分はたんに勇気がなかっただけではないか、と。

真相を知る勇気も、栃田弘光という居心地のよい場所を手放す勇気もなかっただけの意気地なし。

「確かめなさい」

とノンが言った。「今からでも遅くはない。確かめなさい。万が一、穂乃香の妄想通りだったとしても、そしてそれが事故ではなくてもっとひどいことだったとしても、もう時効なんだから、罪には問われないでしょう。罪に問われなくとも、もしそうだったのなら、二人でその罪を背負うべきだよ。穂乃香にはそれが出来る。栃田くんにだって、きっと出来る。なんらかの、致し方ない事情があったのかもしれないし。とにかく栃田くんにはっきり訊くべきだよ。それにね、穂乃香。逆にね、もしも、それがすべて穂乃香の妄想の産物で、ぜんぶぜんぶ出鱈目《でたらめ》だったとしたら、どう？　栃田くんに申し訳ないと思わない？　それこそ、冤罪《えんざい》だよ。栃田くんが可哀想だよ。そういう意味でも訊かなくちゃ。そうでしょう？　あんた、このまま、一生、旦那を疑い続けたまま生きていくの？　疑いを押し隠して、平穏な毎日を、幸せだ、って思いながら生きていけるの？　なんかおかしくない？　それは幸せなのかな？　そんな暮らし、楽しいのかな？　ねえ、そこにいったい何がある？　それをつづけて、何がある？　確かめようよ。ねえ、そうしようよ。わたしたちには、確かめる力がまだあるはず」

「わたしたち？」

ノンが、はっと、息を呑み、唐突に黙った。

「ノン？」

ノンの沈黙がしばらく続いた。

「穂乃香」

「うん」

「穂乃香、あのね。わたしもね、旦那に確かめたいことがあるの」

「え？」

「勇気がなくて、ずっと目をつぶって、ずっとなんにも見えないふりしつづけてきたけど、それじゃ、だめだわ。今、はっきりわかった。確かめなきゃ。見えないことにしていれば、この幸せは、この暮らしは崩れない。そう思って、なんにも見えないことにしてた。なんにも気づかないことにしてた。でもやっぱり、あたし、そういうの、嫌だわ。なんか気持ち悪いよ。その気持ち悪さが今わかった。穂乃香、あんたも気持ち悪い。あんただってそう思ってんじゃないの？　気持ち悪いって、ずっと思ってきたんじゃないの？　子供が出来ない予感がしてたなんて、そんなの、悲しすぎるよ。出来なきゃ出来ないでかまわないっていうのと、穂乃香のそれは、少しちがう気がする。ねえ、確かめようよ。どういう結果でも、わたしたち、進んでいけるよ。そっちの方がよくない？　だってまだ人生は続くんだよ？」

不思議な電話だった。

ノンがどういう問題を抱えているのか、具体的なことは何もわからないのに、穂乃香はノンの言葉に共鳴し、共感した。もしかしたら、こんなふうに誰かに言ってもらうのをずっと待っていたのかもしれない。

学生時代、それほど仲が良かったわけでもないのに、どうしてこんな気持ちになるのかわからなかった。それでもたぶん、遠い昔に培われたノンへの好意、信頼、そういったものがまだ穂乃香の中に忘れずに残っていて、それが作用しているのだろうというのは理解できた。

あれから、お互い、長い道のりを歩んだ。

傍目《はため》には、平穏で地味な人生に見えても、ただそれだけですむ人生なんてないと、穂乃香はよく知っているし、ノンもきっと知っている。だからこそ、こうして寄り添えるのだろうと穂乃香は直感する。

「そうする」

と穂乃香は言った。「そうしようと思ってた。思ってたのにできなかった」

「わかるよ。あたしも同じだから」

「領子」

「え」

「ねえ、ノン。領子はいつノンのところへ行くの？」

「木曜か、金曜か。まだはっきりしたことは聞いてないの」

「わたしも行こうかな」

「えー？　ほんとにー？」

「わかんないけど、ひょっとして行っちゃうかも」

「いいんじゃない。それ、いいよ。すっごくいいよ。おいでよ、穂乃香。プチ同窓会しようよ。詳細決まったらメールする。メールアドレス教えて」

お互いのアドレスを伝えあった。

「じゃあ、穂乃香、ね、がんばろう。お互い。そうして、おいしいお寿司を食べよう。とびきりおいしいお寿司を。そりゃあもう、とにかくおいしいからさ、あれ食べたら、穂乃香も遠くから来た甲斐《かい》があったって思ってくれると思うよ。とにかく待ってるから」

「ありがとう、ノン。わたし、行く。ノンや領子といっしょにお寿司を食べる。……ノン」

「なに？」

「ノン、電話くれて、ありがとう。ほんとに、ありがとう。ほんとに、ほんとに、ありがとう」

「そんな。ちょっとやめてよ……っていうか、それを言うならあたしじゃなくて、森川くんだよ」

「え」

「あたし、森川くんにせっつかれて電話しただけだもん。あんな夢見なかったら、あたし、電話しなかった。だって、もう、気味が悪いくらいリアルな夢なんだよ。気になるじゃない。まったくさ、森川くんと付き合ってたわけでもないのになんであたしんとこに出てくんのよ、って感じ。だから、つまり、彼、心配してたのかもね、穂乃香のこと」

そんな夢を見たいと、穂乃香は思った。あれから、一度も、穂乃香は、彼の夢を見ていない。だから一度も会っていない。夢でいいから、森川雄士に会いたいと、ちくりとした胸の痛みを伴いつつ、穂乃香はその時思ったのだった。

まさか、おまえがそんなことを思っていたなんて、と穂乃香の夫、弘光は言った。薄い焼酎《しょうちゅう》のお湯割りを飲みながら、しきりに額を指でおさえている。

年度末で忙しいらしく、店舗で弁当を食べて、書類の整理をしてきたとかで十時過ぎに帰宅し、軽く飲んで寝るつもりだという弘光に、穂乃香はいきなり、森川雄士の話を始めたのだった。

神妙に最後まで話を聞いた弘光が、おもむろに話しだした。

あのなあ、穂乃香。おれは、あの日、森川雄士に会っていない。待ち合わせ場所に行って、いつまで経ってもおまえがやってこないから、反対側の入り口を見に行ったり、隣のビルへ見に行ったり、あのあたりをうろうろしていた。それで、一時間くらいして、もういいかな、って思ったんだ。さんざん探したし、腹も減ったし、もう今日は会えないんだろうな、と諦《あきら》めて居酒屋へ入った。うちへ帰っても一人だしな。それで、おれは、なんで、穂乃香は来なかったのかな、と考えていた。もしかしたら、あいつのところへ行ったんじゃないかと、ぼんやり疑ってもいた。あいつのところへ戻ってしまったんじゃないか、って、つい思ってしまう。あの頃はまだそういう気持ちだった。やっぱり、あいつはかっこよかったしな。たしかに、ちょっとだらしないところはあったし、無職だし、子供じみてはいたけど、悪い奴じゃなかった。いや、悪い奴どころか、いい奴だった。穂乃香がおれとこういうふうになったのは、一時の気の迷いで、あいつが生活を立て直したら、穂乃香はいずれあいつのもとへ戻っていくんじゃないかと、いつも思ってたんだ。それでもおれはいいと思ってたけどな。だからさ、夜遅く、アパートに帰って、おまえに電話した時、おまえがちゃんと家にいて、おれと会えなかったのを悲しがってくれていたのがうれしかったんだよ。栃田くんに会いたかったのに、っておまえ言ったんだよ。それなのにどうしていなかったの、って。こっちの方こそ、おまえに会いたかったよ、って、まあ、そんなことは言わなかったけど、その代わりに、あちこち探して、疲れ果てたよ、どこにいたんだよ、なにやってんだよ、って。冷たい言い方だとおまえが感じたっていうなら、そのせいだろうな。照れ隠しで、ぶっきらぼうな口調になっちまったんだろう。それと、居酒屋で飯食って、酒飲んで帰ってきた、っていう後ろめたさもあったかもしれないなあ。

翌日森川が亡くなった、って聞いて、おれも衝撃だった。

あの若さでそんなことが起こるなんて、これっぽっちも思ってなかったし、穂乃香のこともあったし、ようするにあいつはおれの恋敵でもあったわけだし尚更《なおさら》。とにかくおまえのことが心配だった。でもおまえは、悲しんでいるというんでもなくて、ただぼうっとなってた。なんだろう、って不思議に思ったのを憶えてる。

森川雄士って、おれたちにとって、なんだったんだろうな。

おまえはあいつの死に関して、おれを疑っていたようだけど、おれも少しばかり、おまえを疑っていた。あの日、もしかしたら、おまえは、あいつに会ったんじゃないか、ってさ。おれと会えなくて、あいつのところへ行ったんじゃないか、それであそこで揉《も》めたんじゃないか。そういう可能性だって、あるよなあ。

「ないわよ！」

と穂乃香は叫んだ。「そんな可能性、一ミリだってないわ！」

「まあ、聞けよ」

おれはさ、穂乃香、おれはそれでもいいって思ってたんだ。おまえと同じだよ。森川には悪いが、おれは穂乃香の味方だ、ずっとその信念があった。おまえと付き合った時点で、おれは森川を裏切ってたわけだしな。まあそれに、たとえおまえがあの日あいつに会っていたとしても、よもや殺人ってことはありえない。体格差を考えれば、それが不可能だとすぐにわかる。それに森川の運動神経の良さを考えたら、揉めた挙げ句の事故ってこともありえない。鈍くさいおまえが死んだんならともかく。だから、もし万が一、あの日、おまえがあいつと会っていたとしても、森川がそのせいで世をはかなんで飛び降りたんだとしても、それは森川の問題だ、とおれは考えたわけだ。だんだん、それもないな、と思いだしてはいたがな。森川はおまえのことで世をはかなんだりしない。あいつはそんな男じゃない。世をはかなむならべつの理由だろう。で、まあ、おまえが落ち着いた頃、プロポーズしたわけだ。もうあいつに遠慮する必要もないしな。

「でもなあ、まさかなあ、おまえがおれを疑ってたなんて、青天の霹靂《へきれき》だ」

かぱりと、焼酎をあおって、夫は妻に、お代わりを要求した。

「言っとくが、おれは、潔白だ」

「うん」

「疑われてたなんて心外だ」

「ごめんなさい」

「まったくもって、とんでもない話だ」

「ごめんなさい、って、だから謝ってるじゃない」

「おれはそんな男じゃない」

「わかってる」

「ほんとにわかってるのか」

「わかってるって」

「しかしおまえもへんな女だな。そんな疑いを延々持ち続けていたとは。毎日顔突き合わせてんだからとっとと訊けよ」

「恐くて訊けなかったのよ」

穂乃香は自分用にも薄い焼酎のお湯割りを作って、彼とともに飲み干した。穂乃香が焼酎を飲むようになったのは広島に来てからだが、子供がいないし、夜ごとの晩酌《ばんしゃく》に付き合っているうちに、ずいぶん飲めるようになってしまった。

薄めに作ってはあるが、焼酎が喉《のど》をすべりおちると、ほうっと胸の奥が熱くなる。わだかまりがいっしょに溶けていくようだった。

「おまえ、それにしても、よく結婚したな、そんな男と。殺人を疑いながらどうしてまた」

「ほんと、どうしてかな」

「とっとと逃げればよかったのに」

「ほんとだよね。とっとと逃げればよかった。あの頃の自分に訊いてみたい。どうして結婚しちゃったんだろう」

「そりゃもちろん、あれだよ、惚《ほ》れてたからだよ」

「そうなのかなあ」

「そうだろ？」

「そうかもね」

「そうだよ、おれもそうだったんだよ」

「だった、ってなに、それ、過去形なの」

「いや、ちがった。現在進行形」

「酔っぱらってるね」

「ちょっとな」

差しだされたグラスに、また、お湯割りを作る。二人分。

「なあ」

「ん？」

「結局、おれたちを結びつけたのは、あいつなんだよなー、森川雄士。今もたぶん、
つまり、それは現在進行形」

かちんとグラスをあわせながら、

「かもしれない」

と穂乃香は言う。

「おまえ、好きだったもんなあ。あいつのこと。おれ、知ってるぞー」

「それは過去形」

「ほんとか？」

「ほんとほんと」

森川雄士の話をこんなふうに二人でしたのは、もしかしたらはじめてではないだろうかと、穂乃香は気づいた。穂乃香がそう言うと、たしかにそうだな、という声が返ってくる。

しずかな夜だった。

夜更けの、しんとした空気に家の中が支配されている。

黙っていても、お互い、全然気にならない。そしてそれが、心地好い。いつのまにか、そんな夫婦になっていた。

「こういう夜もいいなあ」

「そうだね」

穂乃香はしみじみとそのやさしい空気に浸っていた。そうして、夫の手に、自らの手を重ねた。

いい夜だ、と穂乃香は思う。

いままでいちばんいい夜かもしれない。

二人で過ごした長い長い時間の、結晶のような夜だと穂乃香は思う。

「腹、減ったなあ」

と夫が言う。

「なにかつくる?」

と妻が訊く。

「そうだな」

「なににしよう?」

「てきとうでいいよ」

お好み焼きにしよう、と穂乃香は思った。

それをふたりで、ふうふう言いながら、食べるのだ。

三月

「ノンちゃーん！」

「ノン！　ノン！　こっちこっち」

待ち合わせのホテルのロビーの自動ドアが開くと、いきなり大きな声で名前を呼ばれ、則江《のりえ》は思わず、きゃっと声を上げた。

いきなりだったので驚いたのはもちろんだけれど、それが久しく呼ばれていない渾名《あだな》であったことと、学生時代の友人たちとの久しぶりの再会であるという昂揚感が、則江を少し無防備にしたのだった。

きゃあ〜と叫びながら手をふり、ぴょんぴょんと跳ねるように駆け寄っていく。

「わー、明子《あきこ》ー。穂乃香《ほのか》ー。久しぶりー。やだ、花《はな》ちゃーん。なつかしい！　花ちゃんたら、ちっとも変わってない。いや、むしろ綺麗になってるー」

そう言って花の肩をちょんちょんとつつくと、花はくすぐったそうに、まさかそんなわけないでしょう、とからからと笑った。

「ノンこそ、変わらないねー」

相変わらず美しい明子が言う。

「やだ嘘ばっかり。あたし、あの頃から軽く十キロは太ったんだから」

「えー、見えない、見えない。全然変わってないよ、ねえ、穂乃香」

「うん、ノン、ちっとも変わってないー」

穂乃香が言う。穂乃香もまた、まるで変わっていないように則江には見える。

ひとしきり、そんな立ち話をしていると、グレーのダウンコートを手にした領子《りようこ》がようやく、のたのたとエレベーターの方から現れた。

「領子、遅刻ー。遅いよー」

「ごめん、ごめん、昨日、チェックインしたのが、遅くて。そのうえアラームをオンにするの、忘れちゃって寝坊。みんなは？　揃《そろ》ってる？」

揃ってるよ、当たり前じゃないと口々に答えが返り、領子が申し訳なさそうに言い訳をする。気儘《きまま》な一人旅の二日目である昨日は花巻《はなまき》から遠野《とおの》を回っていたのだという。夢中になっているうちに予定時間をオーバーし、到着がすっかり遅くなったうえに、夜中に長湯をしたせいか旅の疲れが出て、ぐっすり寝入ってしまったのだとか。明子と花は東京で待ち合わせ、夕方にはチェックインしたそうだし、穂乃香は一昨日東京の実家に泊まり、昨日の午後にはこちらに着いていて、夕飯こそ別だったが、温泉大浴場でばったり顔を合わせ、すでに大騒ぎしたらしいから、領子だけがすっかり出遅れたというわけだ。

「わたしたち、今朝も早起きして、三人で港の方ぐるっと回ってきたんだから」

穂乃香がいくぶん自慢げに言った。

「領子の旅行に便乗したはずなのに肝腎の領子がいないんだもの。どうなってるのよ」

明子が不服そうに言うと領子が小さく肩を竦《すく》め苦笑いを浮かべる。

「でもまあ、そこがいかにも領子よ。誰のことも気にせず、あくまでも我が道を行くところが」

穂乃香が口を挟む。

「うわ、なつかしい。そういうところが穂乃香なんだよねー。皮肉をあくまでも品良く言うところがー」

「皮肉？　皮肉じゃないでしょう、事実でしょう」

すました顔で穂乃香が領子に言う。

「ほら、こういうところ！　ね、ノン。ノンと、昔よく言ってたよねー。エスカレーター組のお嬢様方って、ああ見えてけっこうきついこと言うよね、って。ねー、そうだよねー」

「あんたはまた、なんでそういうところであたしを巻き込むのよ！」

げんこつの真似《まね》をすると、花が、まあまあと割って入った。

こういうおっとりした花の仕草も、昔と同じで、思わずみんなで顔を見合わせ笑ってしまう。

「ねえ、みんなが揃うのって、何年ぶりだっけ？」

「この面子《メンツ》全員っていうのなら、おそらく卒業以来だと思うな」

「じゃあ、ほぼ二十年か」

「うん、そうだよ、卒業式のあの日以来だもの。わたしの記憶が確かなら、卒業したのも、こんな三月の寒い日でした」

「そうそう。あの日も寒かった。あたし着物着ちゃったから、寒さもひとしおで。領子は風邪引いてたんじゃなかった？　それで謝恩会の途中で帰ったのよ」

「そうだった？　もうよく憶えてないなあ」

二十年も経ったというのが嘘のようだと則江はひとしきり感慨に耽《ふけ》る。

卒業した翌月には親のコネで採用された大手の商社で働きだした。とはいえ、まかされた仕事はほとんど雑用ばかり。総合職での入社なのにどうして、と訴えてもままならず、同期入社の中でも一番出遅れ、人間関係にもつまずき、挫折感《ざせつ》に打ちのめされた。それでも辞めずに頑張っているうちに喜美彦《きみひこ》と知り合い、寿退社して東京を離れ、亜美《あみ》が生まれ、奈美《なみ》が生まれた。実家の両親から頭金を援助してもらい、高台の新興住宅地に建て売り住宅を買った。近頃では週に二日、近所の子供たちに習字を教えている。小さな家だが、山間部に住む舅《しゅうと》や姑《しゅうとめ》もたまに遊びに来て、家庭菜園の手ほどきをしてくれる。

「二十年なんてあっという間だったね」

明子が言うと、みんな大きく頷《うなず》いた。

則江もむろん、大きく頷く。

二十年、それなりに順調であったとは思う。けれどももう、明日からは、その順調さのうえに胡座《あぐら》をかいていられないのだと思うと、これからどうして生きていけばいいのか、ちゃんと生きていけるのか、考えただけで途方に暮れた。

「ね、そろそろ行かない？　早く乾杯しようよ。あたし、朝御飯食べてないからお腹ぺこぺこなんだよ」

気楽そうにお腹をおさえて前屈みになる領子に、明子が母のような仕草でとんとんと肩を叩《たた》く。

「だけどまだ十一時前よ、いくらなんでもちょっと早くない?」

穂乃香に訊《き》かれ、則江が答える。

「多少早く着いても入れてもらえるように頼んであるから大丈夫。散歩がてら、歩いていきましょ。わたし、ほら、二時過ぎには一旦家に戻らなくちゃ、だし」

「あ、そうか。そう言ってたね」

下の娘は給食のあと下校したら、近所のお友達のところで遊ばせてもらい、上の娘が下校途中に寄って連れて帰る算段になっている。そのあと、則江も子供たちとともにこのホテルで一泊する予定なのだ。明日は土曜だから、みんなを案内しがてら子供たちもいっしょに近辺を観光するつもりでいる。

この外泊について夫には伝えていない。

おそらく置き手紙やメモも残さないだろう。

暗い顔を見せないように努力し、みんなを引き連れ、海沿いの道をぶらぶら散歩しながら、なじみの寿司屋へと案内した。

夫に秘密があるのではないかと疑ったのは、亜美が幼稚園、奈美がまだ一歳の、育児にうんと手のかかる頃だった。奈美の妊娠中に家を買って引っ越しをしたばかりだったから、新しい環境にも不慣れで、亜美の幼稚園の送り迎えやら、奈美の世話やら、なにからなにまで則江の肩にのしかかっていた。おまけに奈美はしょっちゅう熱を出して病院に駆け込まざるをえない虚弱児で、といって、新しい場所での一からのご近所付き合い、ママ友付き合いなので、気軽に頼み事も出来やしない。

生まれ育った実家は遠いし、夫の実家も近いというほどではなく、突発的になにか起きるとお手上げだった。たまに夫の携帯に電話をかけて助けを求めた。お願い、亜美をお迎えに行ってくれない？　いまね、奈美が熱を出して病院に連れてきてるの。すぐ帰れると思ったんだけど、まだ帰れなくて。そうやって助けを求め、むろん迎えに行ってもらえればなによりだったが、ごめん無理だよ、と言われてもそれで夫を怨《うら》んだわけではなかった。なによもう、と文句を言いつつ、どうにか乗り越える方策を探した。看護師さんに奈美を委ね、大急ぎで亜美を迎えに行ったこともあったし、幼稚園の先生に泣きついて無理矢理時間を延長してもらったこともあった。必死になれば道は拓《ひら》けるものだ。そうやってなんとかしつつも、何かあるとつい夫に電話してしまうのは、ようするに、こんなにわたし苦労したのよ、こんなにわたし頑張ってるのよ、と孤軍奮闘ぶりを訴えたかったからかもしれない。なにしろ則江には、訴えられる人が彼しかいなかったので。

甘えもあったと思う。

ねえ奈美がさっき吐いたの、どうしよう？　出張中の夫に電話したところでなんの力にもなってくれないとわかっていても、夫の声が聞けたら、それで少しは慰められた。ほんとうに数分、いや、ほんの数秒、とにかく落ち着きなよ、という一言をもらえるだけで安心できた。

けれども時折、携帯電話がまったく繋がらないのだった。

電波だよ、電波。電波が繋がりにくいところにいたんだよ。

夫はいつもそう言い訳をした。

そうなんだろうか、と則江は不思議に思った。十年前ならともかく、近頃、電波が繋がりにくいところってそんなにたくさんあるのだろうか。水産加工メーカーの営業である夫の立ち回り先はそれほど田舎《いなか》ではないはずだ。出張に至っては、おもに東京、大阪、もしくは仙台といった都会が主なのだ。

どうしてだろう？　もしや浮気でもしているのだろうか？

則江はしかし、その疑惑を心の隅に追いやった。

まさかあの人がそんな、という思いと、仮に浮気だったとしても、ちょっとした火遊びみたいなものだろうし、ああそれに、そう、彼は営業職なのだ。それも、年々厳しいノルマがのしかかっている中堅の営業マンなのだから、この仕事ならではの、女性絡みの接待とか、抜き差しならない付き合いもあるのだろう。おそらく、その類にちがいない。それなら致し方ないし、それは妻として不問に付そう。寛大であろう。

喜美彦はまじめなサラリーマンだった。

だからこそ、結婚したのだ。

その選択がまちがいだったと思いたくない。この平穏な家庭に水を差したくない。彼がわたしを裏切るなんてそんな筈《はず》ない。

「則江じゃなきゃだめなんだ」

「則江みたいな子と出会えるのをずっと待っていた」

この人と結婚したら、東京を離れなければならないと悩んでいた頃、喜美彦が言ってくれた言葉だ。自分がそれほど価値のある娘だと思っていなかったから、そう言われてただただうれしかった。そこまで望んでくれる人といっしょになれる自分を幸せ者だと思い、結婚を決意した。若かったし、それを赤い糸だと信じ込んだ。赤い糸なんて、信じていたかどうかもあやしいくせに。付き合いだしたばかりの頃は運命の出会いだなんて思っていなかったくせに。

喜美彦と則江を、お似合いだね、と言ってくれたのは、その頃、ダブルデートしたことのある領子だ。ノンって、好きになりすぎると硬くなっちゃうじゃない？そうやって付き合いだしてもノンのいいところが出ないまま終わっちゃったりしたこともあったでしょう？　でも今のノンは、ちょうどいい感じにくだけて見える。リラックスしてててとてもいい。

確かに的を射ていた。

学生時代の恋愛と違って、則江は喜美彦と付き合っても、ちっとも我を失わなかった。愛するより愛される方が楽。則江は自分が愛されている立場だと信じ切っていたし、主導権を握っているのは自分だと安心しきっていたのである。

喜美彦は出会った当初から、たくさん愛の言葉をささやいてくれた。田舎育ちで武骨な外見をした喜美彦だけに、そのギャップが新鮮で、則江の心に強く響いた。

今の則江なら、それらの言葉があまりにも調子よく、また、あまりにも衒《てら》いがなかったと容易に気づく。しかしあの頃はそこまできっぱり思えなかった。

営業マンなんだから、ジゴロやホストではないにせよ、それなりに口が上手《うま》いんだろうなとはうすうす感じていたし、基本的におしゃべりでどうでもいいことをいつもべらべらしゃべっている人ではあったものの、愛の言葉だけは別だろうと信じていたのだった。いや、信じたかった。だから、信じた。

彼には友達や知り合いがたくさんいた。広く浅く。そういう意味でも営業職が向いている人だった。仕事の出来る人という周囲の評価を、もう少し冷静に吟味してもよかったのだ。そうすればもっと早く彼の別の面に気づけたかもしれないのに。

あの誠実そうな外見についだまされてしまうが、あの人の本質は違うんじゃないかと思うようになったのはいつ頃だろう。

喜美彦の両親や祖父母は、則江をいたく気に入ってくれた。

喜美彦がこんなにいいお嬢さんを選んでくれて嬉《うれ》しいとまで言ってくれた。東京育ちの一流企業に勤めるお嬢さんがこんな田舎に嫁いできてくれるなんて、もう、なんとお礼を申し上げたらいいのやら。でかしたぞ、喜美彦。長男より先に次男が嫁をもらうことになってしまったが、なあにかまわん。その頃喜美彦の兄は、地元の土建会社で働いていて、まだ実家に住んでいた。あれにもいい嫁が来てくれるといいんだがなあ。いやー、あの子にここまでの嫁は望めんわ。そうだなあ。誰でもいいから早く嫁を見つけてくれんかねえ。無理無理、あれは口べたやもん。

そういう時、喜美彦は得意気だった。則江の学歴や職歴のみならず、書道の免状や、お茶やお花の腕前や、親の仕事や住んでいる町の名まで口にするのだった。ちょっともう、やめてよ、と陰《かげ》に引っ張り込んで抗議すると、則江の凄《すご》さを伝えたくってさ、と無邪気な顔で答える。だってそういうのって見かけだけじゃ、わかんないだろう？

なんとなく引っかかりをおぼえたが、それがなぜなのか、則江にはよくわからなかった。

あれもやっぱり一種の見栄で、則江の外見を軽んじていたのだと気づいたのはずっと後になってからだ。

どうしてこの人だったんだろう。

そういう気持ちが湧き起こりそうになると、則江はその気持ちをすぐに抑え込み、突きつめて考えるのは止《よ》した。

自分が選んだ人を疑うなんて恥ずかしいことではないかと、則江は思っていたのかもしれない。なにより子供たちの父親を信じていたかった。

そうやって、およそ十年、暮らした。

大丈夫、大丈夫。

大丈夫、大丈夫。

亜美もいる。奈美もいる。家もある。わたしたちは家族なんだから。幸せな家族なんだから。あの人は大丈夫。

そう自分に言い聞かせた。

たんなるごまかしだったのかもしれない。

それでもごまかせているうちはまだよかった。

だんだんそれも難しくなっていった。

大丈夫大丈夫と唱える言葉が虚しくなっていく。

いつ頃からか、気づけば、彼の心はとうに則江にはなくなっていた。

決して勘のいい則江ではないが、それくらいはわかる。なにしろ、家にいる時間がどんどん減っていたし、家にいても、彼はもう、則江に触れようともしなかった。少なくなる一方の会話も上っ面だけのものにすぎなかった。どうでもいい会話ならいくらでも出来る人なのに、それすら形だけになっていく。

娘たちへの愛情だってあやしいものだと則江は感じていた。思い起こせば、ろくに育児に手を貸してくれたことはなかった。娘たちが幼い頃、風呂に入れてくれたことも、おしめを替えてくれたことも数えるほどだ。写真を撮るのは好きだったが、撮ったらそれっきり。ろくに見もしないし、整理もしない。たまに娘たちを連れて玩具《おもちゃ》や本を買いに行っても、帰ってきたらそれっきり。買ってきたもので一緒に遊んでやったこともない。勉強をみてやることもない。男の子ならキャッチボールでもするんだがなあ、女の子とは何したらいいのかわからんからなあ、などと調子のいいことを言っているが、家族旅行だって喜美彦の実家の近くの温泉が定番で、しかもそこでは寝てばかり。則江の実家への帰省は、なんだかんだ屁理屈《へりくつ》を言ってまずついてこない。送り迎えをしてくれたのは、下の娘が幼稚園に入る前まで。だからディズニーランドへも則江は娘たちと、それから実家の母といっしょに行ったのである。口ではおれは子煩悩だと言っているが、ほんとうのところはどうだか。

結局、こんなものなのだろうか。

家族ってこんなものなのだろうか。

とりあえず滞りなく日々を過ごせたら、それでいいのだろうか。

則江の葛藤《かっとう》は長く続いた。

それは、自分自身への問いかけでもあった。いったい家庭とは、家族とはなんなんだろう、という。

小さな嘘やごまかしに目を瞑《つむ》って、平安に暮らしていければそれでいいのか。

生活費さえ、きちんと入れてくれたら、偽の出張に気づかぬふりをすればいいのか。あなたは今どこにいるのと悩まなくてもいいのか。

亜美と奈美の父親でいてくれさえしたらそれでいいのか。

あなたは夫なのに。

わたしの夫なのに。

わたしはあなたの妻なのに。

その事実がどんどんちっぽけなものになっていく。

膨れあがった疑惑を、もうどうやってもなだめることが出来なくなっていく。


喜美彦に面と向かって問いつめたのは、一昨々日《さきおととい》のことである。

前日の昼間、旧友の穂乃香と電話で話していて、則江はふいにそれを強く決意したのだった。もう逃げるのはよそう。向き合おう、と。

子供たちが寝静まった夜半に、静かに問うた。

浮気してるの？　と。

風呂上がりのパジャマ姿の夫に、さらりと。

キッチンの蛍光灯は、寿命が来つつあるのか、少し暗い。風呂上がりで上気した彼の顔もいくらか青白く見えた。

その一言を口にのぼらせるまで、則江がどれほど苦しんできたか、喜美彦はちゃんと理解していたのだろうか。ぼんやりとした顔でしばらく則江を眺め、それから妙に素直に、こくん、と頷いたのだった。頷き方が、奈美そっくりだった。

そうなんだ、と則江はつぶやいた。やっぱりそうなんだ。声にならないくらいの小さな声で、則江はそれをつぶやいた。

喜美彦はふいに、はっとしたように顔をあげ、いやそうじゃない、と声を上げた。え？　と顔をのぞきこむと、そうじゃない、浮気じゃないんだ、本気だ。おれは本気なんだ。

なんですって、と訊き返す気にもならなかった。

そんな莫迦《ばか》げたことをしゃあしゃあと喜美彦は繰り返したのである、浮気ではない本気だと。

目の前が真っ暗になり、へたりこむようにダイニングの椅子《いす》に腰かけた。つられるように向かい側の椅子に坐《すわ》った喜美彦は、まるで、訊いてくれてありがとう、とでも言うように、あるいは肩の荷が下りたとでも言うように、やや前のめりになって一気に語りだしたのであった。

相手は、バツイチの小学校教師であること。

喜美彦の会社の工場に子供たちの社会科見学の引率でやってきたのがきっかけだということ。その日、たまたま仕事が一つキャンセルになってスケジュールの空いた喜美彦が、気まぐれに案内役を引き受けたため、彼女とともに数時間過ごすことになったこと。

翌週、子供の忘れ物の水筒を届けに行って、そのあと、わざわざ届けてくれたお礼にと誘われて二人きりで食事をしたこと。

そのあとすぐにもう一度会いたいと携帯に連絡がきたこと。

自分には妻子があると伝えてあったのに、彼女はひるまなかったんだよ、あの時はそういうところがある子だとはわからなくて、と言い訳がましく言った喜美彦は、ダイニングテーブルに手をつき、俯《うつむ》くようにして頭を下げ、いかにも申し訳なさそうに見えたが、その実、どこかかすかに誇らしげでもあった。

そうやって何度か会っているうちに、そういう関係になってしまったこと。

喜美彦は、少しむっとした顔で、小学校の教師なんだし、モラルはあるだろうと油断してしまったのがいけなかった、とわざわざ言い添えた。

おれは何度も別れようとしたけど出来なかったんだ、ほんとうだ。

引き返そうとしたのだという。家庭を壊す気はなかった。このままではいけないと、わかっていた。けれども、いつしか、彼自身も別れられないと悟ったのだという。こんな気持ちになったのは生まれて初めてで、自分でもどうしていいのかわからなかったと喜美彦は言った。こんなことになるとは思わなかったんだ。

喜美彦の話がすべて本当だとは思えなかった。

丸ごと信じれば、仕掛けたのは彼女で、彼は仕留められた獲物かなにかのようにも思えるがそんなはずはない。どちらが先だとか、後だとか、そんなことはどうでもいいことだと思いつつ、先に足を踏み出したのは喜美彦だろうと則江は感じていた。

いつからなの、と質問すると、一年ほど前からだと喜美彦が答えた。

それでは計算があわないように思えて、則江は首を傾《かし》げた。則江の疑惑はもっと長期間に及ぶ。では相手は一人ではなかったということか。彼が本気だと宣言するほどにのめり込む相手が現れて、ようやく則江も看過しがたくなったということか。

なんてことだろう。

もっと早く手を打っておけばよかった。お灸《きゅう》を据えておけばよかった。

どうしたらいいんだろう。

どうしたらその女と別れてくれるんだろう。

しばらく別居するという腹案を、則江はいつ頃からか持っていたのだったが、どうやら喜美彦は相当この女にのめり込んでいる様子。今別居なんかしたら取り返しの付かないことになるのではないか、と則江はふいに悩む。といって、ただこの女と別れてほしいと懇願するだけで別れてくれるとも思えなかった。

考えあぐねていたら、喜美彦が言った。別れたいと。

ずっとそれを考えていたのだと付け加えた。

あまりにも急激な展開に則江は狼狽《うろた》えた。そこまでの覚悟はまだ出来ていない。ちょっと待って、なに言ってるの、と則江が言うと、真剣だ、と喜美彦が返してきた。

慰謝料も払うし、養育費も払う。責任は取る。

こんなことなら、問いつめなければよかった、知らんぷりしていればよかったと後悔しかけたが、いいや、ちがう、と則江はすぐに考え直した。この人がこれほどの決意をしているのだ。きっと明るみに出るのは時間の問題だったろう。

亜美や奈美になんて言うの、と問うたら黙って俯いた。

いつまで経ってもなにも言わないから、しびれを切らして、娘たちへ言う言葉がなにもないなんて、どういうことよ、なにかいってよ！　と責め立てたが、喜美彦は沈黙したまま、首をかすかに横に振るのみ。

則江は泣いた。

泣くつもりなど毛頭なかったのに、涙があふれてしまうのだった。

その女を殺してやりたいと思いながら涙を流していた。

翌朝、則江がまだ眠っているうちに夫は出ていき、一昨日も昨日も家には帰らなかった。

亜美も奈美も、父親の不在に慣れているから、なぜ、と訊きもしなかった。三人で夕飯を食べ、テレビを見、風呂に入り、寝た。あまりにも日常となった光景がそこにあった。これを日常としてしまってはいけなかったのだ、と気づいたが、だからといってもうどうしようもない。


「しかし、明子。あんた、こうして見てるとむかむかしてくるほどの、相変わらずのスタイルの良さだね。なにか秘訣《ひけつ》でもあるの？　体形、まったく変わってないんじゃない？」

乾杯の後の寿司を頬ばりながら、領子が明子を褒めそやす。

「領子だってそう変わってないじゃない。なんかこう、出来る女って感じになってて素敵よ」

「よく言うよ。どこが出来る女なのよ、出来る女なら会社が倒産したくらいであたふたしませんっての。親にまで同情されてんだから。昔なら怒鳴り散らしてたはずの親が、さすがに年老いたのか、げんなりした顔で、隆亮《たかあき》にでも相談してみるか、って言うのよ。隆亮って兄なんだけど、畑違いの、しかも大阪にいる兄に相談してどうなるっていうの。ああもう、先々のこと考えると悲しくなっちゃう」

「大丈夫よ、領子なら。この中で一番賢かったじゃない。領子のノートに何度救われたことか」

穂乃香が、付け台の鮪《まぐろ》の握りに手を伸ばしながら励ます。

隣で花がにこにこと笑いかけている。

さすがに昔の初々しさは消えたけれど、花の笑顔は昔より華やかになったような気がする。

花だけではない。

誰もが認める明子の美しさは衰え知らずだし、編集者としてキャリアを積んできた領子には、失業中とはいえ、堂々とした現役感が垣間見える。則江と同じように地方へ嫁いだ穂乃香でさえ、色香は増しているように感じられた。自分だけがひどくおばさんになってしまったかのようで則江は消沈した。体形の変化だけでなく、髪型も、着ているものも、ことごとく見劣《みおと》りする。

「あたしはだめだなー。みんなに比べて全然だめ。情けなくなる」

「なんで」

「デブになったし」

「そんなことないよ」

「デブだよ、もう、ほんと、デブになっちゃったし、ますますブスに……」

「だからなってないよ」

「ううん、冴えないったらないの。もうずっと、お洒落《しゃれ》するとか、そういう余裕もなくなってて」

「ノン。あんたさー、さっきからなに言ってんの。あんたが冴えないなんてことないって。結婚して子供二人育てて。そのうえ書道教室やってんでしょ。たいしたものじゃない」

「お習字よ。それも週二日だけ。相手は近所の子供たちだし」

「それにしたってたいしたものですって」

「そうよー、ノン。子育てしてたら自分のことなんてかまわなくなるわ。後回しになるのは、当然よ。そのくらいのこと、新米母のわたしにもわかる。わたしも普段は、すっぴんでぐちゃぐちゃだもん」

「明子は元が綺麗だから」

「あんたさー、ノン。あたしに比べたらましでしょうが」

領子がおしぼりで指先を拭《ぬぐ》いながら言う。

「まし？」

「そうだよ。だって、あたしなんて、あれからずーっと、ひとりなんだよ。ノンも知ってるあの男と別れて以降、あたし、誰っとも付き合ってないんだからね。そのうえ失業だよ？　冴えないっていうならまずはあたしでしょうが」

えっ、そうなの、誰とも？　と驚くと、そうよー。あれからずっと男っ気なし、と領子がわざとらしくため息をつく。

「とか言って冴えない領子が一番食べてるよ」

穂乃香が混ぜっ返して、みんなが笑う。

「だっておいしすぎるよ。とくにこの鮪！」

「ほんと、ネタがぴちぴちしてて、口に入れるたびに昂奮しちゃう」

明子の隣に坐る客が、にやにや笑って頷きながら、ここは魚の町だから旨《うま》い魚がいくらでも獲れるのだ、ここの大将は、毎朝市で、何仕入れようか、あれもいいこれもいいと迷ってるんだってよ、と方言まじりにざっくばらんに語り、なっ、と握っている大将に声をかけると、大将が無言で頷いた。

「さすがにノンが自慢してただけのことはあるね」

「たまにしか来ないんだけどね。実家の親もこっちに来た時は必ずここで食べてる。孫二人を連れてここへ来るっていうのが最大のお楽しみ」

両親のことを思うと胸が痛んだ。

あえて考えないようにし、小声で冗談っぽく、ここはおいしいだけじゃなくて、すっごくお値打ちなのよ、あとで吃驚《びっくり》するわよ、とみんなに言う。

後ろを通りかかった女将《おかみ》さんがそれを聞きつけ、そうよー、東京の人はお勘定の時みんな吃驚してっからー、と茶目っ気たっぷりの合いの手を入れる。

笑う明子、領子、穂乃香、花。

「だからさー、ここに来られたのもノンのおかげじゃない」

「ほんとにそう、ノンちゃんのおかげ。ノンちゃんが冴えないなんてことないわ。だってノンちゃんといると安心するもの。わたし、昔から、そうだった。ノンちゃん、やさしいし。世話好きだし。いいお母さんになってるんだろうなあ、って思ってた」

「そういえばさ、こうしてわたしたちが仲良くなれたのも、そもそもノンが誘ってくれたからじゃなかった？」

「あーそういえばそうだったねー」

「おいでおいでって見境なく誘うからね、ノンは」

「昔からおばちゃんだったのよ、あたしは」

「またそんなことを」

ミル貝、赤貝、眼旗魚《めかじき》、鮃《ひらめ》、鰺《あじ》、鮪。烏賊《いか》、鮹《たこ》。

次から次へと、みんなの胃袋に収まっていく。

雲丹《うに》やイクラの軍艦巻きに、鉄火巻き。フカヒレに毛蟹《けがに》。

旺盛《おうせい》な食欲に、付け台の向こうの大将が目を丸くしたほどだった。

食べているうちに会話の端々《はしばし》から少しずつ、みんなの抱える屈託もほの見えてくる。日々の苦労も透けて見える。

花は、入院している父親と介護している母親の世話で日々手一杯のようだし、なんの苦労もなさそうに見える明子も継母として入った家での気苦労はそれなりにある様子。穂乃香は夫である栃田《とちた》くんの仕事の中古車販売が売り上げ減少で大変そうだし、領子にはこれから職探しが待っている。

「みんないろいろあるのねえ」

と言うと、

「そりゃあるわよ」

と一斉に声が返ってくる。

「だけどまあ、そんなものでしょ。そうそう楽なことばかりじゃないことくらい、もうよくわかっちゃったし」

「そうよ、人生ってつくづく甘くないって思う。ていうか、けっこう過酷。それでも、こんなふうに、楽しいひとときだってあるわけだし」

「小さな贅沢《ぜいたく》。いやいや、これはけっこう大きな贅沢かもね。こんなおいしいお寿司を気心知れた友達と食べられるんだもの。これを贅沢と言わずしてなんと言おう」

「それもこれもノンのおかげ」

ばん、と領子が則江の肩を叩く。「あんたのあのへんな電話のおかげ」

「ほんと。はじめはなにごとかと思ったわ」

「森川《もりかわ》くんの夢を見た、気になるって、不惑に突入した今になってそんな電話がかかってくるなんて思わないもの。びっくりした」

「だから、そういうところがノンちゃんなのよ。素直っていうか、かわいいっていうか」

「おせっかいっていうか、めんどくさいっていうか」

「いまさら森川くんに義理立てしてどうしろっつうのよ。森川くん、死んでんのに」

「でもそのおかげで集まれたんじゃない。電話してくれてよかったのよ。ノン、ありがと」

「ほんと、ありがと。久しぶりに森川くんのこと思い出したよ、わたし」

「あたしも」

「森川くんがわたしたちを集めてくれたのかもね。まあまあきみたち、たまには、寿司でもいっしょにどうだいって」

しゃべるのも忙しいが、食べるのも忙しい。付け台の向こうの大将と、若い職人が、半笑いを浮かべて寿司を握っている。テーブル席の客もいるし、女将さんも大忙し。

「栃田くんも連れてきてあげればよかったのに」

「そうだよね、せっかくなんだし、そうすればよかったのに」

「だから決算期であの人それどころじゃないんだってば。連日残業で大変なんだから。わたしだけ出てくるのも申し訳なくって。さすがに気が引けて、向こうのお義父《とう》さんやお義母《かあ》さんには世田谷《せたがや》の実家に行くってことにしてもらった。実際、行ってきたしね」

「じゃ、次回はぜひ決算期を避けて、栃田くんといっしょに参加していただきましょう。栃田くんがどんな中年になったか見てみたい」

「どんなって、普通よ、普通。ただのおじさん」

「あ、その時には、明子に、カンペーくんを連れてきてもらいましょう。カンペーくん、けっこうキーマンでしたからねー」

「カンペーかー。そうね、じゃ、いつか必ず」

「ほんとよ、いつか連れてきて」

「他の子たちは、どうしてんのかな、美晴《みはる》とか」

「美晴には今日のこと、メールしたよ。アメリカで元気にやってるみたい。みんなによろしくって」

「えー美晴ー？　あたし、あれから一度も会ってない。なつかしいなあ」

「あの子はあのままアメリカにいるんだ」

「すぐ帰ってくると思っていたのに結局居着いちゃったんだねえ」

「水が合ったのかな」

「静代《しずよ》とかなっちゃんとか、あの子たちはどうしてるのかしら。なっちゃんは音信不通になっちゃったのよね」

「え、そうなの？　銀座でばったり会ったことあるよ、もう七、八年も前になるけど。若奥様って感じで友達と歩いてた。ゆっくり話せたらよかったんだけど、わたし、仕事中だったから」

「あと、ほら、善《ぜん》くんとか、立花《たちばな》くんとかはどうしてるのかしら」

「善くんや立花くんのことなら、カンペーに訊けばわかるわよ。って、まあみんな、坦々とやってるでしょ」

「坦々と」

「そう、坦々と。我々みたいに」

涙がこみあげてきた。どうしたの、と領子に覗《のぞ》き込まれて、ワサビ、ワサビ、とごまかし、涙を拭《ふ》いた。

わたし、離婚するかも、という言葉は、ついに言えなかった。

店を出て、狭い上り坂をゆっくり歩きながら、みんなで卒業式の思い出話をした。記憶力のいい明子が卒業式の日のことをあれこれ語り出す。則江はあの頃の写真をすべて実家に置いてきてしまったので記憶がおぼつかないが、それでも、ぽつりぽつりと断片を思い出し、気まぐれに話に加わる。

別れる寂しさなんて全然なかったんだけど、それはやっぱり、中学や高校とちがって短大の卒業式だったからだろうか、ある程度卒業慣れしちゃってたからだろうか、と領子がみんなに訊《たず》ねた。うーん、と明子が考え、前途洋々な気になってたからじゃない？　と返す。二十歳かそこらの頃って、さあこれからやっと人生が始まるんだ、みたいな気になるじゃない。そんなに暗い未来を想像するわけじゃあないし、たとえ暗かったとしてもなんとかなるさ、くらいの気持ちでいるし。

ああそうかもねえ、とみんなでなんとなく立ち止まり、一息ついて、また歩きだす。

わたしは実家に戻らなくちゃならなくて、引っ越しだのなんだの、大忙しで、寂しいとか言ってる場合じゃなかったわね、とにかく夢中だった、と花が言う。夢中だったし、楽しかった、と付け加える。

穂乃香はどうなの？　と領子が訊くと、穂乃香はしばらく考え、とくに何も思わなかったんじゃないかな、通過点っていう程度の気持ちで、と自信なさげに返した。だからそんなに感慨もなかったし、そう変わらない毎日がこれからもつづくんだろうなって思ってた。

卒業の頃って、穂乃香は森川くんと付き合ってたんだよね、と領子が訊いた。

うん、付き合ってた、と穂乃香が答えた。

そこは大きく変わっちゃったわね、と明子が言う。

そうね。大きく変わっちゃった。いなくなっちゃったんだもん、森川くん。

森川くんが生きてたら、栃田くんとは結婚してなかった？　と花が訊いた。

穂乃香が立ち止まり、どうかなあ、と言いながら、くいっと首を動かし、左手に見える海を見た。

明子も花も同じ動作をし、領子と則江もその後ろに立つ。

遠くに船が進んでいくのがよく見える。

あたし、あの頃もう、森川くんとはうまくいってなかったのよね、と穂乃香がしんみりした声で言った。だから、森川くんが生きてても彼とは結婚しなかったと思う。だけど、それなら、ぜったい栃田と結婚していたかっていったらそれはわからない気がするの。やっぱり、森川くんがあそこでいなくなっちゃったことが、わたしと栃田を結びつけたことは確かなの。だから、そう、あたしにはわからないとしか言いようがない。だって、ほんのちょっとしたことで、人生って大きく変わってしまうものでしょう。これから先だって、ほんのちょっとしたことで大きく変わってしまうんだと思うのよ。

花が、うん、うん、と頷《うなず》いた。そうだよね、人生って何が起こるかわからないもんね。わたし、それはもう身に沁《し》みてよくわかってるわ。それがわかってるから、いっそう、これから先、どうなっていくのかなあ、って思うの。ね、これから先、わたしたち、どうなっていくんだろうね。

花が歩きだし、みんながそれにつづく。

則江は歩きながら下くちびるを強く嚙《か》んだ。

これから先、わたしはどうなっていくのだろう。

積み上げてきたものを毀《こわ》すのは恐いし、辛い。子供たちにもなんていったらいいのかわからない。傷つけたくはない。けれども離婚となれば、傷つけずにはすまないだろう。あの子たちを守れるだろうか。守り切れるだろうか。経済的にも不安はいっぱいだ。慰謝料や養育費だけで暮らせるとも思えない。ばりばり稼げる仕事を持っているわけでもない。習字教室での稼ぎなんて雀《すずめ》の涙だ。働くのなら、親に頼れる東京に戻って少しでも条件のいい仕事を探す方がいいだろう。とはいえ、実家の親にこの年で頼るというのもどうなんだろう。いや、そもそも、親たちが手放しで迎えてくれるとはかぎらない。だったらいっそ、こっちに残ってがんばるか。

どうしたの？　と明子が則江の顔を覗き込んだ。恐い顔してる。

そう？

ああ、いけない、もうこんな時間だ。急いで戻らなくちゃ。

ちょうどホテルの前へ出たところだった。

駐車場に停めてある軽自動車に向かうので、則江だけここでいったん別れることになる。

「じゃ、あとで」

「うん、あとで」

「ノンちゃんの娘さんたちに会えるのが楽しみだわー」

「騒がしくすると思うけど勘弁してね」

「大丈夫、大丈夫。姦《かしま》しさならわたしたちの方が上だから」

みんなに手を振って別れて歩きだす。

みんなには、夫がちょうど出張中だからと説明してある。

でもそんな嘘、なんの意味があるのだろう。

振り返るとまだみんな立ち止まって則江を見ていた。

手を振ると、みんなも手を振ってくれる。思いっきり明るい笑顔で手を振りながら、角を曲がった。

なにがまちがっていたのか、どこでどうまちがえてしまったのかわからないけれど、則江の前途は険しい。どうしよう、どうしよう、どうしたらいいんだろうと考えだすと恐くてたまらなくなる。

立ち止まって、ふと、空を見た。

あそこに森川くんはいるのだろうか。

旦那は出張中。その嘘を先に吐《つ》いたのは夫の方だ。その嘘にずっとだまされてきた。

その嘘を、今度は友達に吐くなんて。

まっぴらだ。

あんな嘘、莫迦莫迦しい。

そう心の中で吐き捨てた途端、悲しみが則江を襲った。大きな大きな悲しみが則江を襲い、しゃがみこみたくなる。

ほんとうは悲しいのだ。則江はとてつもなく悲しいのだ。こんな結果になって、自分の過去が全部否定されたみたいで、則江は悲しくてたまらないのだ。

森川くん、あたし、悲しくてたまらないよ、と則江は空に向かってつぶやいた。ねえ、森川くんなんとか言って。黙ってないでなんとか言って。旦那は出張中ではありません、旦那は出ていきました。きっと浮気相手の女のところにいます。あ、まちがえた、浮気じゃなくて本気なんだって！

むろん空からの返事はない。則江の吐き出した白い息は、空まで届かない。

しばらく空を見ていた則江は、鞄《かばん》のポケットからキーを取りだして、歩きだした。

もうみんなに話してしまおう。今、森川くんに話したみたいに話してしまおう。離婚するかもしれないことや、これから先の不安について。みんな、みんな、話してしまおう。秘密は苦手だ。秘密なんて嫌いだ。

こんな情けない話、聞かされる方は迷惑だろうか。迷惑かもしれない。だとしても。それでも、聞いてほしいと則江は思う。この胸の裡《うち》の、思い悩むすべての事柄をとにかくみんな吐き出してしまいたい。そうしないと、重くて重くて、身体《からだ》が前へ進んでいかれない。

小さな黄色い車に乗り込み、エンジンをかける。

このタイミングでここにいてくれるみんなに甘えさせてほしい、と則江は願う。

そうして、すべてを吐き出し、軽くなったら、これから進む道を見つけよう。

エンジンの振動がハンドルに伝わって、則江は一瞬びくっとする。サイドブレーキをはずして、アクセルを薄く踏む。しずしずと車が前に出る。

気持ちがふいに、しん、とした。

ああ、三月。

そうか、今は、三月じゃないか。

まさに三月、あの時と同じ。あの卒業の日と同じ。

さよなら、さよなら。

さよなら、さよなら。

卒業証書の入った筒を手にみんなと別れたあの日。

また巡ってきた別れの季節。

さよなら、さよなら。

さよなら、さよなら。

終わったんだ、と則江は思った。認めたくはなかったけれど、わたしはもう、この生活が終わったんだということを認めているのではないだろうか。だったら、覚悟を決めて、肝を据えて、困難な日々を娘たちとともに進んで行くしかないだろう。

ゆっくりと車を走らせた。

ホテルの敷地を抜け、長い坂をとろとろと徐行運転で下っていく。大通りに出て左折。

まっすぐ伸びた長い道が目の前にある。

そうか、だからわたしは、もう一度卒業するのだと則江は思った。

今までの日々を卒業して、新しい日々を始めるために。

アクセルを少し踏むと、スピードがわずかに加わる。

娘たちの顔を思い浮かべた。今度はしくじれない。あれから二十年経ったからといって、人生の達人になれたわけじゃないけれど、今度はしくじるわけにはいかない。だってわたしには守るものがある。

車は家へと近づいていく。

見慣れた町の見慣れた景色が流れていく。

三月。

別れの季節は、始まりの季節でもある。

遠くの涙

ノンへのメールには嘘ばかり書いてきた。

昔はEメールなんてなかったから、メールといえばエアメールで、電話代だってうんと高かったし（スカイプなんてもちろんないし、美晴《みはる》はそもそも当時電話すら所持していなかった）、つまり、日本とアメリカの距離は今よりもうんと遠く、だから平気で嘘が書けた。さらさらと。躊躇《ためら》いなく。

〈元気でやってます。〉

〈毎日楽しくて仕方ありません。〉

〈演技だけでなく演出も真剣に学んでみようかと思ってます。向いてるんじゃないかって先生にすすめられたから。〉

〈やりたいことがいっぱいで毎日、無我夢中。幸せです。〉

どうしてあんなに平然と、嘘ばかり書けたのだろう。

ノンがあまりにも、美晴すごい、美晴は素晴らしい、美晴が誇らしい、なんて持ち上げるものだから、その期待に応《こた》えてしまったんだと思う。生活していくのがやっとのみすぼらしい暮らし、思うようにいかない日々、挫折《ざせつ》。そんなあれこれを正直に書く気にはなれなかった。

短大を出て一年半後、美晴は、親の反対を押し切って、家出同然でニューヨークへと飛び出した。演劇専門学校に入学するためだった。

演劇部だった高校時代から、美晴には、いずれ、舞台に立ちたいという夢があった。それが駄目でも、将来なんらかの形で演劇に関わる仕事に就きたい。

でもそれってなんだろう。劇作家？　演出家？　演劇評論家？

自分に最も向いているものはなんだろう。

いや、自分には何ができるのだろう。どんな才能があるのだろう。

それを見つけるためにも、ニューヨークで演劇を学ぼうと思ったのだった。

ブロードウェイへの憧《あこが》れもあったし、どうせなら本場のメソッドを学びたかった。

自らを十二分に鍛え上げ、磨《みが》き抜き、誰よりも強く大きく輝きたかった。

役者としてそこそこの力はあるんじゃないかと自惚《うぬぼ》れてもいたし、演出に興味もあった。脚本も、まだ書いたことはなかったが、書こうと思えば書けそうな気がしていた。だって可能性は無限大。自分の中には自分でさえ知らない力がまだいろいろ眠っているんじゃないか。ともかく行けばなんとかなると楽観していたのである。

渡米までの一年半はたいへんだった。

英語の勉強、留学する学校の選定から、入学資格の確認、渡米や入学許可を求める申請、住居や奨学金に関する資料集め、資金を貯めるためのアルバイト。短大在学中からこつこつ準備を進めていたとはいえ、いざ行くとなるとやるべきことは山のようにあった。

父も母もまだその頃は、賛成はしていないものの、とりあえず静観してくれているようだった。自分たちが手助けせねば、そのうち諦《あきら》めるだろうと踏んでいたのかもしれない。

美晴自身、本当に実現するかどうか、半信半疑だった。

ともかく精一杯やってみただけ。

限界を超えて頑張っただけ。

夢に向かって遮二《しゃに》無二《むに》突き進んだだけ。

だから、美晴は、ニューヨークへ渡った時点である意味燃え尽きていたともいえた。

ようやく許可されて入学した演劇専門学校は、日本で想像していたような、いわゆる日本的な学校とはまるで違っていて、雑居ビルかと見まごうような、あまりぱっとしない古びた建物の中にあった。歴史はそこそこあるらしいが規模の小さなところで、学費は高かった。授業やレッスンは厳しく、どの先生もすこぶる辛辣《しんらつ》で、あなたには無理、諦めてとっとと日本へ帰りなさい、としょっちゅう言われた。そんなたどたどしい英語で舞台に立てると思っているなら大間違い。ここでいくら学んだところであなたに役はつかない。金と時間の無駄遣い。毎日毎日、こき下ろされた。萎縮し、ますます落ちこぼれた。劣等生である美晴はみんなの前でいつも罵《ば》倒《とう》され、批判され、それはまさしく生《い》け贄《にえ》の姿だった。

英語圏でない国から留学したんだから少しくらい大目に見てくれてもいいじゃないか。ハンディキャップを与えてくれたっていいじゃないか。慣れるまでもう少し猶予《ゆうよ》がほしい。叱《しか》られるたび腐ったものだったが、それこそ甘かった、甘い考えだったと知るのに時間はかからなかった。

美晴の幼い夢はぱちんと弾《はじ》けた。

学生同士の足の引っ張り合いも凄《すさ》まじかった。学校を出たからといって、将来を約束されるわけではないのだから、それは当然だったろう。ちょっとしたオーディションの前ともなれば毎日が戦いだった。皆、チャンスを摑《つか》もうと必死で、呑気《のんき》に友情を育む余裕なんてどこにもなかった。

びっくりするほど美しい娘や、スタイルのいい娘、演技のうまい娘が、どの教室にもごろごろいた。

そんな娘《こ》たちが、ぎらぎらした目で人より少しでも上へ行こうとする。

美晴はすぐに音《ね》を上げた。こんな人たちと争ったって勝ち目はない。

それなのに、ノンから届くエアメールには夢と希望に満ち満ちた返事を書き連ねていたのである。

エアメールがEメールへと代わったのはいつ頃だろう。

その頃にはもう、嘘を嘘で塗り固めるしかなくなっていた。

ノンはすでに結婚して母になっていたから、そうやすやすとニューヨークまでは来られまい。だからなにを書いてもばれっこない。それに、いまさら、どこをどう修正したらいいのかわからなくなっていた。

そのまま嘘の世界を突き進むしかなかったのである。

美晴について、ノンが長年信じ切っている、

〝ニューヨークでフリーの演劇プロデューサーとして働いている〟

というのは真っ赤な嘘だ。

実際は日本料理店の雇われマネジャーをしている。

〝まだ（ずっと）独身だけれど、恋人がいる〟

というのも真っ赤な嘘だ。

現在独身というのは正しいが、恋人はいないし、結婚は二度した。一度目はアメリカ人と、二度目は日本人と。今はいっしょに住んでいないが一度目の夫との間に息子も一人いる。

それらの結婚についても、ノンには伝えていない。

一度目の結婚は二十四歳の時。まだ在学中で、なにしろ若かったし、報告できるような成果もろくに出せない状態で、妊娠したから結婚しましたとは、みっともなくてどうしても言えなかった。美晴にとっても、思いがけない妊娠であり、思いがけない結婚だったから、きちんと事実を消化できていなかったのだと思う。実家にすら、事実を伝えたのは、息子が一歳を過ぎてからだった。

それでもこの結婚生活は八年続いた。

夫は三つ年上の会計士。今の仕事も彼の紹介で、息子がまだ小さい頃、軽い気持ちで始めたものだ。その時はまさかマネジャーにまでのし上がれるとは思っていなかったし、こんなに長くこの仕事をすることになるとも思っていなかったのだったが、この仕事があるおかげで、その後どれだけ助かったことか。

永住権を取得したのは、この最初の結婚をしていた時。配偶者として申請し、取得した。

美晴はここでも、ノンに嘘をついた。いや、はっきりと嘘をついたわけではない。結婚について隠していたため、取得できた理由を専門的職業についているから、としか書きようがなく、さすがにそれ以上はっきりと書かなかったものの、暗にそのように仄《ほの》めかしてしまったわけで、以降、仕事は演劇プロデューサーで通すこととなった。

二度目の結婚は、離婚から二年後。二ヶ月半の同棲期間を経て結婚に踏み切った。一度目の結婚についてさえノンに言っていないのに、それを飛ばして二度目だけ伝えるのもおかしな気がしてやはり黙っていた。

いずれ言うかもしれないが、もう少し様子を見よう。

ところが、そう思っているうちに離婚してしまったのだった。

それなりの覚悟をしたうえでの結婚だったというのにたった三年で破綻《はたん》してしまったのである。

この時の夫は六つ年下の日本人。語学留学したままニューヨークに住みついて、成り行きで日本人相手にバイトがてらガイドをするようになり、一年だか二年だかして、ある旅行会社の専属になっていた。その会社と美晴の勤める日本料理店が、客を連れてきたらバックマージンを渡すという契約をしていたため知り合ったのである。彼はガイドとしての評判もよく、ボスにも気に入られていて、こちらで暮らすうえでの便宜をかなり図ってもらっているようだった。経済的にもまずまず安定していたし、結婚生活は、順調だった。しかし子供は出来なかった。というか、子供が出来る前に別れてしまった。

ある日突然、彼が、ここでの生活が心底嫌になったから日本に帰りたいと騒ぎだしたからだった。

美晴にしてみたら、寝耳に水の出来事で、ただ呆然《ぼうぜん》としたことを憶えている。ちょうど彼のビザが切れかかっている時期ではあったものの、だからといって、なにも、ここでの生活を捨てて、日本へ帰る必要があるだろうか。

永住権の申請ももちろんしていた。

でももう、取り下げるという。

どうして、と訊《たず》ねても、理由がはっきりしない。

望郷の念に囚われ、営々と培った生活をかなぐり捨て、いきなり帰国してしまう人を何人か見てきたから、大方それだろうと察しは付いたものの、彼を説得するのは難しかった。一時的な気の迷いよ、少し働きすぎたのよ、休養しましょう、そうすれば気持ちも落ち着くわ。無理矢理休暇を取らせてみたりもしたのだが、彼は翻意しなかった。潮時なんだ、いずれ帰るつもりだったし、予定が少し早まっただけだ、と言い張り、いっしょに日本へ帰ろうといつまでも駄々をこねつづける。彼の決意は固く、断り続けているうちに、ついに一人で帰ってしまった。ひと月かふた月したら戻ってくるんじゃないかと淡い期待を抱いて待っていたのだったが、彼はついに戻らなかった。

離婚するしかなかった。

手続きしている間にも、お互い、もう一度考え直してほしい、こっちでいっしょに暮らそうと、まったく同じ言葉で相手をたぐり寄せようとしたものだったけれど、その綱引きは、結局勝負がつかず、引き分けのまま時間切れ。

なぜそれほどまでアメリカに拘《こだわ》るんだ、きみはもう、演劇とはなんの関係もない仕事をして暮らしているじゃないか。ニューヨークである必要はないし、ニューヨークにしがみつく理由もないだろう。

図星の一面もあったが、美晴はそれに従えなかった。ようするに美晴には日本へ帰る勇気がなかったのである。

だいぶ修復されてきたとはいえ、両親との関係はまだぎくしゃくしたままだったし、戻れば、きっと、そらみたことかと笑われる。アメリカでの暮らしを根ほり葉ほり訊《き》かれるに決まってる。そうして美晴に、美晴の人生の失敗を認めさせるにちがいない。あの人たちは、美晴に誤りを認めさせたいのだ。自分たちの正しさを証明したいのだ。その後でなら、いくらでも手を差し伸べてくれるだろう。そうなれば日本で路頭に迷うことはない。だが、そんな人たちを頼りたくはない。ぜったいに頼れない。

とはいうものの、美晴には、誰にも頼らず日本で経済的に自立できる自信はまるでなかった。三十半ばを過ぎた女が、今の仕事以上に安定的な、きちんとした職場を日本で見つけられるだろうか。彼にしたって、将来的な展望は何もなかった。多少英語が話せるくらいで、二人ともこれといった資格もない。二人で頑張ればどうにかなると彼は言ったが、そんな言葉を信じきれるほどお人好しではない。

それからもう一つ。

息子のことがあった。

親権は取られてしまったが、前夫との約束で、美晴はひと月に一度、息子と会いつづけていた。関係は良好。けれども、日本に帰ってしまったら、彼を失うことにもなりかねない。美晴が日本へ帰ってしまったら彼は母親から見捨てられたと思うだろう。やがて美晴を憎み、母という存在を切り捨てるかもしれない。そんなことにでもなったら、ニューヨークで得た、たった一つの宝まで失ってしまう。その必死さを、二度目の夫は理解してくれなかった。行き来すればいいじゃないかと軽くいなし、どうせあと何年かすれば巣立ってしまうよ、おれみたいに、と付け加えた。

今、美晴は一人で暮らしている。

日本へ戻った彼は、やはり美晴が予想した通り、東京での暮らしがうまくいかなかったらしく、一年経たずして、郷里の福岡に戻ってしまったと聞いた。彼はまだ若い。そのうち、あちらで再婚するのではないだろうか。

あれ以降、美晴には長続きする恋人はいない。

パートナー候補となる恋人もいない。

誰かと付き合うのが、なんだか少し、億劫《おっくう》になってしまったようだった。

ノンから届いた、久しぶりのEメールには、ノンの元へ、領子《りょうこ》、明子《あきこ》、穂乃香《ほのか》、花《はな》が訪ねてくると書いてあった。どれも懐かしい名前ばかり。

集まることになった経緯も詳しく書かれてあった。

そこに思いがけず森川雄士《もりかわゆうし》が登場していた。

森川雄士。

こちらに来たばかりの頃、頻繁にエアメール（彼の場合はポストカードだったが）を送ってくれていた人。

墨で書いたのかと見まごうばかりのざっくりとした大きな文字で、時には稚拙《ちせつ》な（けれども愛らしい）イラストも添えてあった。

美晴もたまに返事を書いた。五回に一回くらい。

ざっくりとした彼の大きな文字を真似《まね》て、ひとことふたこと書いただけのポストカード。

〈ダンスを習い始めました。〉

〈ルームメイトと気が合わなくてケンカばかりしてます。〉

〈オーディションを受けました。でも落ちちゃった。〉

あまりにも短い一言、二言だから、それほど嘘は書かなかった。いや、おそらく、ほとんど嘘は書いていないはずだ。

〈アメリカで暮らすのは大変です。本当にとてもとても大変。だから無計画に来てはいけません。〉

しきりに渡米したがる森川雄士に再考を促したりもした。

来られたら困ると思ったわけではない。安易に来ても苦労するだけだと彼には伝えたかった。彼は大切な友達だから。

美晴は短大に入ってすぐの頃、他大学の学生だった森川雄士に告白されていた。

彼はちょっと崩れた感じのする、独特の雰囲気がある人で、かなり目立つ存在だった。周囲の同性にも異性にも人気があった。

でも、断った。いまはそれどころではないと、けんもほろろに。

美晴はその時点ですでに渡米という夢に向かって一心不乱に走りだしていたから、恋愛どころではなかったし、彼がそれほど本気とも思えなかった。美晴にしたって、彼はよく顔を合わせる仲間の一人に過ぎなくて、特別な感情は持っていなかった。

美晴が彼に興味を持ったのは、彼が穂乃香と付き合いだし、ダンサーを目指していると知ってからだ。ダンスの技術も確かだと聞き、すぐにそれを見る機会も得た。

こういう人だったのか、と美晴は目を丸くした。生き生きと踊る彼の姿は、それまで見てきた彼の、いささかだらしなくうつる姿とはまるで異なっていた。そうと知っていれば付き合ったかもしれないのに、なんでこんな大事なことを黙っていたのかしら、とわずかながら思った気はする。でも、だからといって、後悔したわけではない。穂乃香との友情も壊したくなかったし、話す機会がいくらか増えただけで十分だった。

森川雄士の死は、ノンからのエアメールで知った。

ダンスの稽古場《けいこば》として無断で使用していた建設現場から誤って転落したと書いてあった。飛び降りたのかもしれないとも書いてあった。

もちろん驚きはしたが、たいして実感が湧かなかったというのもまた事実だ。遠い異国にいると、友の死さえも、漂白されてしまうのだろうか。

美晴は今でも、森川雄士がまだ生きている気がしてならない。

そんな気にさせるのは、彼の死を知った後になって、彼からのエアメールが届いたせいもあった。珍しくカードではなく、がっちりとした封筒に入った手紙。エアメールによく使われる、あの薄いひらひらした紙ではなく、横罫レポート用紙に書かれた手紙。

エアメールとして投函されたはずなのに、船便になってしまったのか、長い時間かけて届いた手紙。それは彼の死さえも飛び越えて届けられた。

度重なる引っ越しで現物は失われてしまったが、美晴はまだ、あの手紙のことをよく憶えている。

《このままではおれはだめになる。》

《あっと驚くようなダンサーになって美晴をびっくりさせてやる。》

《どこにも居場所がない。》

《おれには才能がないのか。あるならだれか見つけてくれ。》

そんな言葉が綴《つづ》られていた。

いつもながらの大きな文字だったが、いつもより丁寧に書かれていたように思う。

そこには彼の強い迷いがにじんでいた。

腹の底から湧き出る悲鳴のようにも感じられた。

彼の死を知った後に読んだからそう感じたのだろうか。

先入観がそんなふうに読ませてしまったのだろうか。

いいや、そうではなく、美晴には、彼の気持ちがよくわかったのだった。

〈このままだとあたし、だめになる。〉

〈あっと驚くような成果をあげて、みんなを納得させたい。〉

〈どこにも居場所がない。〉

〈あたしには才能がないの？　あるなら早く誰かあたしを見つけて！〉

書かれた彼の言葉は、ほぼすべて、美晴自身の言葉に置き換えることが可能だった。美晴は手紙を凝視した。これは誰が書いた手紙だろう。どこから届いたのだろう。

恐ろしいことだった。

見れば見るほど、熟読すればするほど、まるで美晴自身が書いたみたいだった。だって美晴がそこにいた。そこに美晴が見えていた。森川雄士を透かして、その向こうに、美晴がいる。

そうか、彼は死んだのか。

それは自分自身の死のようだった。もしくは、彼が美晴の身代わりとなって死んでしまったかのような錯覚をおぼえた。美晴の中の苦しみが彼に取り憑《つ》いて燃え上がったのではないか。だからいっそう、彼の死は、具体的なものではなく、抽象的な色合いを帯びてしまったのかもしれない。

美晴だって死のうと思ったことは何度かあった。死ねば楽じゃん、とつい口をついて出てくる。冗談でもあり、冗談ではなかった。冗談でありながら切羽《せつぱ》詰まっていた。ふいに、死の誘惑にかられる。何者にもなれない自分はこれ以上生きていたって無駄ではないか。もういやだ。もう疲れた。こんなはずじゃ、なかったのに。帰る場所もない。どうすればいいの。もう死んじゃいたい。ほんとに、いっそ、ここから消えてしまいたい。

そのたびに、どうにか思いとどまってきたのだと美晴はその時、はっきりと自覚したのだった。森川雄士が書いた、美晴に宛てた手紙によって。森川雄士の紡いだ言葉によって。

美晴は、彼を通して、ようやく自分の姿をはっきりと見たのである。

だからこそ美晴は、生きた。

しがみついて生きた。失敗したとわかっていても。敗北を噛《か》みしめていても。

死ぬべきわたしはもう死んだ。それならわたしは生きなければならない。

言葉にすればそんな気持ち。

死なないよ、森川くん。あたしは死なない。あなたのところへは、行かない。

とはいうものの、ニューヨークでの生活は好転するどころかますます追いつめられ、いよいよどんづまりになっていた。演劇関連の仕事は、アルバイトでさえ、ライバルたちとの戦いに敗れ、まったく就けなかった。たまに転がり込む小さなチャンスひとつ、美晴はつかまえることができない。学籍は残っていたが、いつやめさせられてもおかしくないような出席率で、卒業できるかどうかすら怪しくなっていた。いつまで経っても浮上するきっかけがないのである。どうしたらいいのか、もちろん美晴にはわからなかった。いつしかプライドもなにもなくなっていた。虫けらのような気持ちで、バーで働いていた。まとまった金がなければ、日本へ帰ることもできない。親に泣きつくのはいやだった。意地でもそれはしたくない。じりじりと借金も増えた。その頃には日本へ帰るための金を稼いでいるというより、生活費を稼ぐのでいっぱいいっぱいの生活になっていた。展望もまるでなかった。唯々《いい》諾々《だくだく》とその日暮らしをしていただけ。

あのバーで日本贔屓《びいき》の気のいい男から声をかけられなかったら、そうして彼の子を妊娠しなかったら、結婚しなかったら、自分はどうなっていただろうと美晴は考える。ぐずぐずに崩れて、やがてほんとに消滅していたかもしれない。

帰宅してシャワーを浴び、軽い食事をした後の、就寝前のひととき。

ベッドの中で、ノートパソコンを開いて、美晴はノンからのメールを読み返していた。

こちらはまだ木曜だが、日本は今、ちょうど金曜の正午を過ぎた時刻。

このメールの計画によれば、みんなでランチをしている頃だろう。ノンの自慢の地元の寿司屋で、再会のランチ。

気まぐれに日本の地図を表示してみた。

クリック、クリック。

クリック、クリック。

だんだんノンの嫁いだ町に近づいていく。

お寿司屋さんってどこだろう。いっしょに泊まるホテルってどこだろう。

地図にあるのは、日本語の町。日本語の駅。日本語の山。日本語の川。

そんなものをひとしきり眺めたところで、そこにいるはずのみんなの姿が見えるわけではないのだけれども、そうやって地図を見たり、それから、いくつか日本の景色をピックアップして眺めたりしていると、気持ちだけでもそこへ飛んでいけるような気がする。

彼女たちはどんな四十路を迎えたのだろう。

ノン、領子、明子、穂乃香、花。

二十年前はどこにでもいるようなごく普通の若い娘たちだった。

お人好しのノン、真面目で賢かった領子、美人の明子、お洒落《しゃれ》な穂乃香、おっとりした花。

いつもいつも仲が良かったわけではない。小さないざこざはあったし、喧嘩《けんか》だってした。困らせられたこともあったし、困らせたこともあった。助けられたり、助けたり、悩みを打ち明け合ったり、励まし合ったり。いっしょに泣いてもらったこともあったし、笑い飛ばしてもらったこともあった。

二十年の歳月は彼女たちをどんなふうに変えたのだろう。

若かりし日の記憶しかないはずなのに、なんとなく、適度に年齢を重ねた雰囲気の彼女たちが想像できるような気がした。

五人並んでカウンターに腰かけて。

まずはビールで乾杯をして。

なにを食べる？

ノン、なにがおいしいの？

なにがおすすめ？

ノンがあれこれ、みんなに教える。ええと、このお店の名物はこれでー、でもこれもおいしいのよね。あ、それでわたしはこれが好きなんだけどー。

あれも食べたい、これも食べたい、とせわしなく口にするのは領子。明子はつんいるようにも見えるけれど、じつはただぼんやりしているだけ。逆にぼんやりしているように見えて穂乃香は、さくさく注文していく。花は、わたしはなんでもいい、なんて気の抜けたことを言って領子に一喝されてるんじゃないかしら。

そうしてみんな、学生時代と同じように、誰彼となくしゃべり、ああでもないこうでもないと大騒ぎしつつ、寿司を食べていく。

皺《しわ》が増え、肌の張りの衰えた、中年の女たち。昔に比べて、やや疲れた風情でありつつも、皆、旺盛《おうせい》に、食べたり飲んだり、しゃべったり笑ったりしているはずだ。右を向いたり左を向いたり、頷《うなず》いたり、はしゃいだり、突っ込んだり突っ込まれたり。彼女たちは、ただのおばさんであって、ただのおばさんではない。彼女たちは、美晴にとって、あのがむしゃらだった若かりし日々を知っていてくれる数少ない友人たちなのだ。

それぞれがどんな道のりを辿《たど》り、どういう状況下にあるのかわからないけれど、友との再会のひとときに、日頃の屈託や鬱屈《うっくつ》はひとまず脇に置き、羽を休め、一息ついて、寛いでいることだろう。

勤務先の日本料理店でもたまに見かける光景である。

温かい食事を前にして、それから、気心知れた旧《ふる》い友を前にして、ようやく心の鎧《よろい》を脱ぐ女たち。やさしい言葉なんてとくになくても、どうでもいい会話を交わすだけで慰められる、かけがえのない時間。

愛おしい、と思った。

そうして美晴は狼狽《うろた》える。いきなり、そんな気持ちが湧き起こるなんて予想していなかったから。

どうしたんだろう、自分はいったい。

遠い日本。遠くの友。遠い過去。

そのすべてがたとえようもなく懐かしく、愛おしいと感じている。

そんなものは幻《まぼろし》だとわかっているのに。

それなのに。

遠い日本。遠くの友。遠い過去。

そのすべてを渾身《こんしん》の力を込めて抱きしめたくなる。

ぎゅうっと。ありったけの力で。

せつなくてたまらなかった。

なぜいきなりそんな気持ちになったのか、美晴にはまったくわからなかった。

だからしばらく、呆然となっていた。

こんなふうにならないように、気を張って、気をつけて暮らしてきたつもりだったのに、どうして。

遠い日本も、遠くの友も、遠い過去も、美晴からはとうに失われてしまったものばかりだ。美晴はいつの時点でか、そのすべてを捨てたのだから。日本から千切れ、友から千切れ、過去から千切れ、美晴はたったひとりになった。そうして、ここにいる。それをすっかり受け入れて生きている。

それなのに、身の裡《うち》から、心の底からあふれてくるこの愛おしさはどうだろう。ひりひりと胸が痛くなるような、焦がれるような懐かしさはどうだろう。

ノンの声がすぐそこから聞こえるようだ。

美晴、ここへおいでよー。いっしょにお寿司食べようよー。

さあ、ここにすわって、と花の声。

で？　美晴は今までどうしてたのよ、アメリカで暮らしているんだっけ、と領子の声。

そんなことより、美晴はなににする？　なにが食べたい？　と穂乃香の声。

たくさん食べよう、早く注文しましょう、と明子の声。

小鰭《こはだ》、鮪《まぐろ》、穴子、しめ鯖《さば》、海老《えび》に鮹《たこ》。

どんどん食べる。ぱくぱく食べる。

美晴はつぶやく。

カリフォルニアロールなんて、あんなのお寿司じゃないよ、お寿司はやっぱりこうでなくっちゃ。

みんなが笑う。

お猪口《ちょこ》に注《つ》がれた日本酒を飲む。

きりっとした辛口の吟醸酒は、活きのいい魚にぴったりだ。

すうっと喉《のど》をすべりおちていく酒は、身体の中の淀んだものをぜんぶ洗い流してくれる清い川の流れのよう。

どう？　おいしい？　とみんなに顔をのぞきこまれ、
おいしい！　と感極まった声をあげる美晴。

そんな一瞬があったらよかったのに。

あんなふうに並んでお酒を注ぎあって。

さあさ、もう一献。

今度はわたしが注ぐわ。

だったら、わたしも飲もうかな。

はいはい、飲みなさい、飲みなさい、ほら、注ぐわよ。

あーもうそれじゃあ、わたしも飲んじゃおう。

おっ、いいねえ。

みんなで酔っぱらおう。

ねえ、もう一度乾杯しようか。

えー、日本酒でー？

いいじゃない、せっかくだもの、乾杯しよう。

はい、じゃあ、乾杯～！

美晴は、じっとモニターを見つめて薄く笑う。

そんな一瞬は残念ながらここにはない。

だってここはアメリカだもの。ニューヨークだもの。

美晴はしずかに、ひとつ息を吐き、パソコンの電源をオフにした。

もう眠らないと明日の仕事に差し支える。

ベッドサイドの明かりを消しながら、美晴は遠く離れた日本を思った。それから、友を思った。まったく気づかなかったけれど、案外わたしはまだあそこと繋《つな》がっていたのかもしれないと思い始める。あの国と。あの友と。友といた、あの時代と。

けっこうしっかりと、まだわたしは繋がっていたのかもしれない。わたしの中のいったいどこが？　どこにそんなものが？　美晴は、胸に手をあてながら、不思議な気持ちで、しみじみと彼女たちのことを思わずにいられない。

とはいえ、ここは遠い。これから先、彼女たちと会える日は来るのだろうか。来ないかもしれない。

けれどもいつか、万一会える日がきたら、美晴は今夜のことを話そうと思った。あの日、わたしもみんなといっしょにお寿司を食べてる気持ちでいたのよ、マンハッタンのちっちゃなアパートのベッドの上でね。ほんとうよ。わたし、あなたたちといっしょに、お酒を飲みながら、おいしいお寿司を食べていたのよ。そんな莫迦《ばか》みたいなことを、みんなに伝えようと真剣に思っていた。

そうして、いつか息子を日本へ連れて行きたいとも思ったのだった。


大きな地震が日本を襲ったのは、それから三時間ほど後のことだった。

その頃美晴はぐっすりと眠っていた。あまりにも深い眠りだったから、翌朝少し寝過ごしたほどだった。

あわただしく支度をして、職場に行ってから、それを知った。

美晴の職場には、日系人も多かったし、客には日本人の駐在員が多くいたから、誰しも、刻一刻と伝わってくる日本の情報を知りたがった。厨房《ちゆうぼう》もホールも、おしなべて浮き足立っているのがわかり、美晴は手が空くとみんなを注意して回らねばならなかった。そんな美晴にしたって落ち着いていられるはずもなく、ざわざわした気持ちを抑えつけるように仕事をし、要らぬミスをいくつかした。ハイスクールに通う息子から午後電話があった。それにつづいて、最初の夫からも電話があった。息子はおろおろと、ママの国が大変なことになってる、ああ神様、ああ神様、どうしてこんなことに、とかなりショックを受けていたから、逆に美晴が彼を落ち着かせねばならなかった。元夫は美晴に、両親に連絡するよう、しきりにすすめた。今、向こうはまだ夜中だし、と躊躇うと、ともかく早くかけなさいと、一度も会ったことのない美晴の両親をひどく心配する。あの美しい国がなんてことだろう、こんな日が来るなんて、まるで悪い夢を見ているみたいだ。日本贔屓の彼は涙を流さんばかりの狼狽え振りだった。

両親とはそれからすぐ、夕方近く（だから向こうは明け方だろう）連絡が取れた。地震は激しかったが、とくに被害もなく、皆、無事だという。そのくせ、美晴の声を聞いて、母は泣き出した。うっうっ、と押し殺したような涙声の合間に、おばあちゃんが、だの、おじいちゃんが、だの、おとうさんが、だの、おにいちゃんが、だの、なにか懸命に言いかけるのだが、涙にのみこまれ、結局最後まで聞き取ることができない。辛抱強く相手をしながら、9・11の時は、こんなふうに母から電話があったのだと美晴は思い出していた。美晴、そっちはたいへんなんじゃないの、あなた無事なの、みんな無事なの、大丈夫なの。ねえ、美晴、そこはほんとに安全なの？　大丈夫よ、ここは安全。それに、みんな無事だから。今、わたし仕事場だから、長く話してられないの、切るね。ほんとは仕事どころではなくて、誰も仕事なんかしていなかった。ただがたがたと震えながらすくみ上がってみんなでわあわあ騒いでいただけだった。まだなにか起きるんじゃないか、ここにも飛行機が墜《お》ちてくるんじゃないか。そんな不安に誰もが皆怯《おび》えていた。あの時の美晴は、そんな騒然とした周囲の空気に支配され、心細くてたまらなかったのだった。そのくせ母からの電話を早々に切ったのは、この大惨事をテレビで目撃したらしい母に戻ってこいと言われるのが嫌だったからだ。その前に切らなきゃ、ニューヨークは危険だと非難される前に切らなきゃ。夫や息子のことをぐちゃぐちゃ言われる前に切らなきゃ。でも、それとはべつに、美晴があの時、母を邪険にしたのは、こんなふうに自分も泣いてしまうのが恐かったからなのかもしれない、とふいに思いあたったのだった。その涙が雄弁に、美晴の深奥《しんおう》を語ってしまうのがきっと美晴は恐かったのだ。

あの時は、ノンからもすぐにメールが来た。とても長いメールだった。心配してくれてありがとう、わたしは大丈夫だから、というような短い返事を送ったはずだ。あの時はまだ一度目の結婚生活を送っている最中で、厳戒態勢がつづくニューヨークでの子育ては不安がいっぱいだったのだけれど……。

ああ、ノン。

ノンは無事だろうか。

ノンの住む町のすぐ近くの港町のとてつもない被害状況が伝わってきていた。現実とは思えないような恐ろしい映像が、次々映しだされていた。

みんなは無事だろうか。

領子は。明子は。穂乃香は。花は。ノンの家族や娘たちは。

実家との連絡はわりあい簡単についたのに、ノンとの連絡は一向につかなかった。美晴の知っている電話番号はすでに使われていないものだったと、ようやく繋がった後、自動音声のアナウンスでそれを知る。そういえば、家を買って引っ越しをしたとずいぶん前に聞いた気がする。といって、新しい電話番号も、携帯電話の番号もわからないのだった。ノンの実家の電話番号も、領子や花たちの電話番号も、なにひとつ、美晴はわからなかった。なんてことだろう。こんなにも長い間ノンと付き合ってきたのに、電話一本しようとしなかった自分がうらめしい。いつでも連絡が取り合えるようにしておかなかったことが腹立たしい。自分はいったい、なにを怖れていたのだろう。嘘がばれること？　ほんとうの姿をさらけ出すこと？　軽蔑《けいべつ》されること？　莫迦にされること？　そんなことは、それほど怖れることだったのだろうか。

今は、なにも出来ないことが、なによりももどかしい。無事を祈りつつも、美晴はいたたまれない気持ちになっていた。

ここは遠い。あまりにも遠い。

この距離が、美晴を傍観者にしてしまう。

早くも美晴の周囲では募金やチャリティーの声が多く上がっていた。美晴も、すぐに協力を申し出た。気休めだろうとなんだろうと、なにかしたい。遠くの涙を、なにかの形にしたい。

いったいこの気持ちが、この惨事において、どれほどの意味があるのかわからなかったが、ともかくなにかせずにはいられなかった。

連絡がつかない間、美晴はノンたちのことを考えつづけた。

考えようとして、とことん考える時間。

気づくとふと考えてしまっている時間。

考えているつもりはないのにいつの間にやら考え込んでいたらしい時間。

さまざまなフェーズで、美晴は、ノンや領子、明子や花や穂乃香のことを考えつづけていた。

彼女たちと共に過ごした時間なんてほんのわずかだ。離ればなれの時間の方がうんとうんと長い。

それでも考えずにはいられなかった。

彼女たちについて。彼女たちの命について。

彼女たちは、それぞれが一つの命として、この世に生まれ落ち、時を経て美晴と出会った。その命がいま、どうなってしまったのか、美晴にはわからない。

ごくあたりまえの日常が、あっけなく絶たれる、そのむごさ。道しるべを失ったかのような心許《こころもと》なさ。

森川雄士の命についても考えずにはいられなかった。

とうの昔に失われた命。彼もまた、一つの命としてこの世に生まれ落ち、時を経て、出会った一人だったのだ。彼の不在があらためて、美晴の胸に迫った。

美晴は生きているのに、彼は死んでいる。

生きているかぎり、それを忘れることはない。そんなことはできない。

生きているということは、そういうことなんじゃないか、と美晴は思った。親しさの質や量とは関係なく、どの死も、みな、美晴の中にあるのだ、きっと。それを抱えて生きていかねばならないのだ、おそらく。


ノンたちの無事の知らせが届いたのは、四月も終わろうかという頃だった。

どれほどほっとしたことだろう。

皆、生きているという知らせが、とてつもない僥倖《ぎょうこう》、とてつもない奇跡のように感じられた。

生きるとはこれほど難しいことだったのか。

昨日が今日に繋がり、今日が明日に、明日が明後日にと、意識せずとも軽々繋がっていくのが日常ではなかったのか。

繋がらなかった多くの死が、このひと月半の間、夥《おびただ》しいニュース映像として、遠く離れた場所にいる美晴の目や耳に飛び込んできていた。

ノンは、一時的に東京の実家に帰ったのだそうだ。それでようやくネットに繋がり、美晴のメールを読むことが出来たらしい。

まだなにもかもめちゃくちゃで、だけどなんだかもう、精神的にも肉体的にも追いつめられてしまって、疲労困憊《こんぱい》しちゃって、とにかく一度落ち着きたくって子供を連れて実家に来たの、と長いメールの冒頭に綴《つづ》られていた。

〈ニューヨークにいる美晴には、想像もつかないだろうけど、こちらはほんとうに、とんでもないことになっています。地震、津波、火災、原発、ここがほんとうに元から続く、わたしの知ってる世界と同じ世界なのだろうかと思います。これまで普通にずっと続いてきた暮らしが根底から覆されたような気持ち。なんていったらいいのか、わたし、ちがう世界で生きているみたい。でもこうして、美晴にメールを書いていると、少しだけ、元の世界に戻ってきたような気にもなります。少なくとも、美晴は……アメリカにいる美晴は、今までと同じ世界で暮らしているんだものね。そしてその美晴にメールを書いているということは、ここもやはり、今までと同じ世界なのかもしれないって気がしてくるから。〉

メールはそんなふうに続いていく。

〈夫は無事だったけれど、夫の会社の工場や本社も津波に流されたし、知り合いも何人か、亡くなりました。家を無くしてしまった人もいます。行方《ゆくえ》不明の人もいます。わたしは地震の時、家にいました。ちょうど娘が二人、帰宅したところで、三人で身を寄せ合ってしばらくがたがたと震えていました。ほんとうに恐かった。あんな揺れは今まで経験したことがありませんでした。それからすぐ、領子に電話しました。一度は繋がったのよ、普通に。彼女たちはホテルにいて、津波が来そうだから上の階へ避難するよう言われたんで、今から行く、と言っていました。あのホテルはかなり高台にあるのに、そうか、津波か、そういえばそういう可能性もあるのかな、とわたしはその時初めて思い至ったくらい。ノンはどうする？　こっちへ来る？　と訊かれたので、わたしたちはしばらくここにいる、と答えたものです。子供が怯《おび》えているし、うちはそこよりずっと内陸の高台にあるし、ガラスが割れたり、室内は滅茶苦茶になってるけど、今動くのは恐いからここにいる、って。あの時はまだ少し呑気でした。そう、この日は、あの日だったのです。領子たちがこちらに来て、わたしも娘たちと一泊する予定の、あの日。〉

ノンは、繰り返す余震の中、ライフラインも途絶え、情報から隔絶されている不安と、先の見えない恐怖心から、翌朝、近所の公民館に避難。

領子たちも、避難所にもなったホテルでどうにかこうにか四日間過ごした後、五日目に、ホテルに同宿していた年輩の夫婦の車に同乗させてもらい（定員オーバーだったがそんなことはいっていられず）、飛行機が飛んでいるらしい山形空港を目指して出発。ガソリンが底をつくぎりぎりで到着し、空港で夫婦と別れた後、ビジネスホテルの一部屋を確保。四人いたけれど一部屋しか取れなかったためだったが、エアチケットが取れなくてその部屋で結局二泊。その翌日やっと乗れた飛行機で伊丹《いたみ》へ。

そこから新幹線や在来線で西へ向かったのは、広島の穂乃香と、神戸の花。それから、千葉の両親が大阪の兄のところへ身を寄せたと聞き、領子は一旦そちらに。明子だけが東京へ。

〈四人とも、たいへんな旅行になってしまったわけだけど、四人いたから、心強かった、と言っていました。彼女たちはあの日、眼下の海の恐ろしい光景を目にしたわけで、さぞ苦しかったろうと思います。くじけそうになると叱咤《しった》し合い、励まし合って凌《しの》いだそうです。代わり番こに眠ったり、食べ物を分け合ったり。道中も大変だったようです。知恵を出し合い、足りないものを補い合って乗り切ったって。まあ、みんないい年したおばちゃんだからね、いざとなると強いんだよ、って領子が（笑）。〉

ノンはその頃、避難所から山間部にある夫の実家へ移っていたらしい。

自宅に戻ったのは四月に入ってから。

〈ねえ、美晴。わたしはただ普通に、平凡に、坦々と暮らしていきたいだけなのに、どうしてそれがこんなにも難しいのでしょうか。家の中の片づけをしながら、それから、近所の人や知り合いから、いろんな話を聞きながら、何度もそう思い、少し鬱っぽくもなって、何度も泣きました。夫とは、じつはもうずっと前からうまくいっていなかったんだけど、避難所で会えた時は、うれしくてうれしくて家族で抱き合って喜びました。それからは、この非常事態を乗り切るため、家族一丸となって苦労をともにしています。なんかへんだな、こんなの嘘だよと思いつつ、でもやっぱりこれも本当なんでしょうか。美晴だから言うけど、生きててよかったのかどうかわからなくなることもあったし、ほんとに自分は生きてるのかどうなのかわからなくなることもありました。亜美《あみ》と奈美《なみ》がいなかったら、正気でいられなかったかもしれない。〉

ノンのメールはまだまだ続いた。

注意深く読めば、文字にはなっていない辛さがあぶりだされるかのようで、それが小さな棘《とげ》になって美晴の胸に突き刺さってくる。といって、すべてがわかるわけではない。当事者にしかわからない苦労もおそらく多いことだろう。では、どうすればいいのか。ノンは助けを求めてはいないし、なにかしてくれと頼んでもいない。それにこれはノンだけの話ではない。同時に膨大な人々が被災し、今もまだ難儀し、次々襲いかかる苦難に打ちのめされているのだ。読めば読むほど、美晴は、無力感に苛《さいな》まれた。遠く離れたこの場所で、自分になにができるというのだろう。ただ同情するだけなのか。チャリティーバザーを手伝うことや募金をするだけなのか。かわいそうにと泣くだけなのか。引き受けられるものの少なさに、美晴は打ちひしがれてしまう。

　ふと、ベッドサイドに飾ってある息子の写真を見た。ヤンキースのキャップを被り、大きな口を開けて笑っている息子。どことなく別れた夫にも似ているし、美晴にも似ているティーンエイジャー。幼い頃は甘えっ子だったのに、近頃ぐんと、逞《たくま》しくなってきて、はっとさせられることも多い。ここにもひとつの命が瞬《またた》いている、と美晴は思う。そうしてこの命は、さながら美晴を導く光でもあった。

　美晴は写真立てを手に取り、静かに抱きしめた。

　ノンのメールは、最後にこう綴られていた。

〈明日は、明子と領子に会います。せっかく東京にいることだし集まろうかってことになって。向こうに戻ったら戻ったで、またいろいろ大変だしね。娘たちにも、母の友に会わせたいから、いっしょに連れて行きます。あの日、地震が来なかったら、亜美と奈美はすでにみんなに会ってたはずだしね。そうそう、明子も娘さんを連れてくるそう。明子はね、中学生の娘さんの母になってるのよ。あの明子がお母さんですって。びっくりでしょう。領子は、それならわたしは犬を連れて行こうかなと冗談を言っていました。なんで犬なのよ、って思うでしょう？　彼女はいまだ独身で、犬のモモちゃんとやらがパートナーなんだって。で、彼女はいま、職探しの最中でもあります。年齢も年齢だし、なかなか大変らしい。でも、気合い入れて頑張ってるって。みんなそれぞれ、その人なりの道を歩いているっていうことなのでしょうか。神戸にいる花ちゃんや広島にいる穂乃香もきっとそうなんでしょう。アメリカにいる美晴もきっとそうだよね。ねえ、美晴。いつか、またみんなで会いたいね。美晴にも会いたいな。生きてるうちに。〉

不覚にも涙がこぼれた。

生きてるうちに、わたしも、会いたい。

美晴は返事を書く。

長い長い返事を書く。
窓の向こうは夜の町。長い夜。長い長い夜。
長い夜が明けたらまた朝になる。
また、朝になる。

この作品は二〇一三年九月に光文社より刊行されました。

三月

大島真寿美

2017年２月５日　第１刷発行
2024年10月28日　第２刷

発行者　加藤 裕樹
発行所　株式会社ポプラ社
〒一四一-八二一〇　東京都品川区西五反田三-五-八
ホームページ　www.poplar.co.jp
フォーマットデザイン　緒方修一
組版・校閲　株式会社鷗来堂
印刷・製本　大日本印刷株式会社

N.D.C.913/234p/15cm
ISBN978-4-591-15119-8
落丁・乱丁本はお取り替えいたします。
ホームページ(www.poplar.co.jp)のお問い合わせ一覧よりご連絡ください。

P8101315

ピエタ

大島真寿美

18世紀ヴェネツィア。『四季』の作曲家ヴィヴァルディは、孤児たちを養育するピエタ慈善院で、〈合奏・合唱の娘たち〉を指導していた。ある日教え子のエミーリアのもとに恩師の訃報が届く——。史実を基に、女性たちの交流と絆を瑞々しく描いた傑作。2012年本屋大賞第3位。

やがて目覚めない朝が来る

大島真寿美

両親の離婚後、母とともに元舞台女優の祖母、蕗さんの洋館で暮らすことになった私。その蕗さんのもとには、いつもユニークで魅力的な人々が集っていた——血の繋がりを超えたたしかな絆と、脈々と連なっていく人生の輝きをうつくしく描く、やわらかな感動作。

ポプラ文庫好評既刊

羽の音

大島真寿美

両親の離婚時に独立を宣言した姉と二人で暮らすようになって三年。高三になった菜生は、大学への推薦決定後、学校をさぼりがちになっていた。そのうち、短大を出て働いている姉までなぜか会社を仮病で休むようになり――青春の一時期に抱く感覚を、こまやかに切り取った物語。

ゼラニウムの庭

大島真寿美

おそらく、信じてはもらえまい。でもたしかに彼女はそこにいる——文筆家を目指するみ子は、祖母から一族の秘密を聞かされ、それを書き記すように告げられる。秘密とは、一人の女性のことだった。嘉栄という名のその人は、世間からひた隠しにされていた。